백
치

II

일러두기

- 이 책은 Fyodor Dostoevskii, Trans. Eva Martin, 『The Idiot』(Project Gutenberg, 2001)와 프랑스어 판인 Trans. Victor Derély, 『L'idiot』(Plon, 1887)을 참고했습니다.

백치

II

표도르 도스토예프스키 지음

살림

백치 Ⅱ 차례

제 3 부

제1장

리자베타는 공작을 데리고 별장에 도착할 때까지 오만 가지 생각에 사로잡혀 있었다. 최근에 벌어진 온갖 일들을 생각하며 그녀는 왜 다른 집에서는 일어나지 않는 일이 자기네 집에서만 일어나는지 속이 상해 견딜 수 없었다. 그 모든 일이 다 남편 때문인 것 같기도 했고, 나스타시야 때문인 것 같기도 했으며, 느닷없이 자기네 가족 사이로 뛰어든 공작 때문인 것 같기도 했다.

'그래, 이 팔푼이 백치 때문에 모든 게 뒤죽박죽이 된 거야. 그런데 아글라야는 왜 갑자기 언니들과 싸우려드는 거야? 가냐는 또 무슨 연관이 있는 거야? 도대체 그 「가난한 기사」는 뭐야? 아니, 나는 또 왜 그렇게 부리나케 이 백치에게 달려간

거야? 그리고 왜 이렇게 성급하게 집으로 데려오는 거야?'

집에 도착해서 가족들과 함께 있으면서도 그녀의 생각은 이어졌다.

'아, 우리 가족들은 왜 이렇게 별종일까? 우리 모두 유리 상자 속에 가둬놓고 구경꾼들에게 10코페이카씩 받아도 될 거야. 아마 그중에서도 나를 제일 먼저 보여줘야 할걸. 아니, 그런데 아글라야는 왜 공작을 놀려대지 않는 거야? 골려주겠다고 약속해놓고 아무 짓도 안 하잖아. 어머! 저렇게 뚫어져라 바라보는 것 좀 봐! 아무 말도 안 하고 꼼짝 않고 있네. 공작에게 찾아오지 말라고 경고했으면서 어디로 가버리지도 않고. 어휴, 저 하얗게 질린 공작의 꼴이라니! 저 망할 놈의 수다쟁이 예브게니만 제멋대로 지껄이고 있군.'

실제로 공작은 하얗게 질린 얼굴로 테라스 안의 둥근 탁자 앞에 앉아 있었다. 그는 누가 봐도 겁먹은 표정이었다. 하지만 이따금 자신도 알 수 없는 일종의 황홀감에 젖기도 했다. 오, 그는 그가 잘 알고 있는 두 검은 눈동자가 자신을 뚫어져라 바라보고 있는 쪽, 바로 그쪽을 바라보는 것을 얼마나 두려워하고 있었던가! 하지만 동시에 이 가족들과 함께 있으면서 익히 알고 있는 그 목소리를 듣는 것이 얼마나 행복했던가!

'오, 그녀가 아무 말이라도 했으면!'

공작은 한마디도 하지 않았으며 주로 예브게니가 장광설을 늘어놓고 있었다. 공작은 그가 하는 말에 오랫동안 귀를 기울였지만 무슨 이야기인지 전혀 이해할 수가 없었다. 그는 자유주의가 어떻다는 등 러시아의 시사 문제에 대해 열을 올리고 있었다. 물론 S 공작도 자리를 함께하고 있었으며 가끔 대화에 참여해 예브게니의 말에 반박하곤 했다. 어느 사이엔가 콜랴가 미끄러지듯 테라스 안으로 들어섰다.

모두들 대화의 주제가 너무 무겁다는 듯 못마땅해하는 것 같았다. 하지만 예브게니는 아랑곳하지 않고 길게 이야기를 늘어놓았다.

"오늘날 러시아의 자유주의자들에게 가장 큰 문제가 무엇인지 아십니까? 자유주의라는 게 본래 무엇입니까? 현존하고 있는 사물의 질서에 대한 공격입니다. 그런데 내가 면밀히 살펴본 바에 의하면 러시아 자유주의는 그 질서를 공격하는 것이 아니라 사물 자체를 공격하고 있습니다. 즉 현존하는 제도와 전쟁을 벌이는 것이 아니라 조국 자체와 전쟁을 벌이고 있는 것입니다. 내가 알고 있는 러시아의 자유주의는 결국 러시아를 부정하는 데까지 이른 것입니다. 어머니를 부정하고 공격한다는 말입니다. 조국에 조소를 보내면서 환호성을 올리고, 민족의 관습과 역사를 증오합니다. 그들은 자기가 무슨 짓을 하는지도 모르면서 러시아에 대한 증오심을 가장 훌륭한 자유주의인 양 착각하고 있습니다. 이 현상은 유사 이래로 어느 나라에서도 없었던 현상입니다. 도대체 자기 조국을 증오하는 자유주의자가 어떻게 존재할 수 있단 말입니까? 제가 보기에 지금 러시아에서 모든 사람에게 환영받고 있는 자유주의는 진정한 러시아적 자유주의가 아닙니다."

그러자 S 공작은 좀 지나친 비판이라고 말했고 알렉산드라는 일부 특수한 경우를 너무 보편적 현상으로 간주하는 것이 아니냐고 반박했다.

그러자 예브게니가 느닷없이 미쉬킨 공작에게 물었다.

"특수한 경우라고요? 공작, 당신 의견은 어떻습니까? 이게 특수한 경우인가요, 아닌가요?"

그러자 공작이 머뭇거리며 대답했다.

"나는 자유주의자들을 거의 만나보지 못해서…… 하지만 당신 말에 어느 정도는 일리가 있다고 생각합니다. 당신이 방금 말한 러시아 자유주의는 조국의 제도가 아니라 조국 자체를 증오하는 경향이 어느 정도 있다고 봅니다. 물론 전적으로 그렇다는 건 아니고…… 그 판단을 모두에게 적용하는 건 좀…….”

공작은 수줍어하면서 미처 말을 끝내지 못했다. 공작은 자신에게 흥미 있는 이야기를 누군가 하고 있으면 순진할 정도로 열심히 귀를 기울였고, 질문이라도 받으면 더없이 진지하게 대답하는 사람이었다. 심지어 상대방이 조롱기를 섞어 물어보거나 그냥 지나가는 말로 물어도 마찬가지였다. 이제까지 공작을 향해 약간은 장난기 섞인 웃음을 던지고 있던 예브게니는 공작의 대답이 너무나 진지한 것을 보고 놀랐다.

“공작, 당신 진심으로 대답한 겁니까?”

“그럼, 당신은 제게 진심으로 물어본 게 아닌가요?” 공작이 놀란 듯 물었다.

모두들 웃음을 터뜨렸다. 알렉산드라가 이런 이야기 그만하고 밖으로 나가자고 하자 예브게니가 황급히 말했다.

“자, 제가 진심이었다는 것을 증명하기 위해 공작에게 마지막으로 한 가지 더 묻겠습니다. 조금 전 우리는 ‘특수한 경우’에 대해 이야기했지요. 그렇다면 최근에 있었던 사건에 대해 묻겠습니다. 신문에서도 떠들썩했었고, 온통 사람들 입에 오르내리던 사건이었지요. 한 청년이 여섯 명을 살해한 사건 말입니다. 그때 변호사가 이렇게 말했지요. 그렇게 가난한 상태에서는 여섯 명을 살해할 생각이 자연스럽게 떠오를 수도 있다고······ 물론 정확히 그렇게 말한 건 아니었지만 어쨌든 그런 취지였던 것은 맞습니다. 내가 보기에 그 변호인은 그런 이상한 논리를 펼치면서 자신이 우리 시대의 가장 인도주의적이고 진보적이며 가장 자유주의적인 사상을 보여주고 있다고 확신했을 겁니다. 자, 당신 생각은 어떻습니까? 사상과 신념을 왜곡시켜서, 그렇게 명백하게 잘못된 생각에 빠지게 되는 현상이 특수한 경우입니까, 아니면 보편적인 경우입니까?"

알렉산드라와 아델라이다가 웃으며 "당연히 특수한 경우이지요"라고 웃으며 대답했고 S 공작은 무슨 그런 농담을 하느냐고 예브게니를 힐난했다. 그런데 공작이 뜻밖의 대답을 했다.

"그건 특수한 경우가 아닙니다." 나직하지만 확고한 목소리였다.

그러자 S 공작이 약간 화가 난 목소리로 말했다.

"공작, 아니, 이 사람이 지금 당신에게 덫을 놓고 그냥 떠보기 위해서 한 말이란 걸 모른단 말이오?"

미쉬킨은 얼굴을 붉히며 말했다.

"나는 예브게니 씨가 진지하게 물었다고 생각합니다."

그러자 S 공작이 다시 말했다.

"아니, 당신 얼마 전에 우리나라 재판에 대해 나와 이야기를 나누지 않았소? 배심원들의 판결도 뛰어나다고 흐뭇해하지 않았소? ……우리는 이제 자부심을 가져도 된다고 말하지 않았소? 이런 이상한 변론과 논리는 수천에 하나 있을까 말까 한 예외적인 경우일 뿐이오."

그러자 공작이 잠시 생각에 잠겼다가 말했다. 아주 차분한 어조였다.

"제가 말씀드리고 싶은 것은 그런 식의 사상 왜곡이 우리나라에서 자주 일어난다는 것, 따라서 그런 현상은 우리가 목격하기 어려운 예외적인 경우가 아니라 불행히도 아주 보편적이라는 사실입니다. 그런 사상적 왜곡이 보편적으로 이루어지고 있기에 그런 상상도 못 할 범죄가……."

"아니, 당신 말을 듣자니 그런 범죄가 우리나라에만 있다는 이야기 같군요. 인류가 존재한 이래 그런 범죄는 언제나 있었어요."

"맞습니다. 저도 그건 압니다. 그보다 끔찍한 범죄를 지지른 경우가 많았지요. 하지만 중요한 차이가 있습니다. 아무리 끔찍한 범죄를 저지른 범죄자라 하더라도 그리고 전혀 회개를 하지 않는 자들이라 하더라도 자신이 범죄자라는 것을 대부분 알고 인정합니다. 비록 회개는 않을지언정 자신이 그릇되었다는 것은 알고 있다는 말입니다. 제가 본 범죄자들은 대개 그랬습니다. 그런데 예브게니 씨가 예를 든 경우는 전혀 다릅니다. 그가 예로 든 범죄자들은 자신이 범죄자라고 생각하지 않습니다. 자기에게 그럴 권리가 있으며…… 오히려 훌륭한 일을 했다고 생각합니다. 바로 거기에 무서운 차이가 있습니다. 게다가 그런 생각을 하는 사람들은 모두 젊은이들입니다. 즉 사상의 왜곡이 아주 쉽게 이루어질 수 있는 사람들이라는 말이지요. 저는 그런 현상이 지금 우리 러시아에서 널리 벌어지고 있다는 뜻에서 보편적이라고 말한 것입니다."

S 공작을 비롯해 모두 놀란 눈으로 공작을 바라보았다. 특히 예브게니가 더욱 크게 놀랐으며 그의 얼굴 표정에는 장난기가 싹 가시고 없었다.

그때 갑자기 리자베타가 예브게니를 보고 말했다.

"왜 그렇게 놀란 표정이에요? 당신보다 훨씬 어리석다고 생각했지요? 생각도 할 줄 모르는 사람이라고 생각했지요?"

그러자 예브게니가 공작에게 말했다.

"아니, 그 때문에 놀란 게 아닙니다. 하지만 공작, 바로 그런 사상적 왜곡이 문제라고 정확하게 지적하면서…… 미안합니다만…… 어떻게 며칠 전의 그 이상한 사건…… 그 부르도프스키 사건 말입니다…… 이렇게 말하는 게 뭣하긴 합니다만…… 거기에 바로 당신이 말한 사상의 왜곡이 문제가 되고 있다는 것을 눈치채지 못했는지…….”

그러자 공작이 뭐라고 말을 꺼내기도 전에 리자베타가 흥분한 목소리로 말했다.

“말 잘했어요. 우리들 모두 바로 그 문제로 미쉬킨 공작 흉을 보고 있었지요. 하지만 바로 그 여드름투성이 사내가 공작에게 정중한 사과의 편지를 보낸 거 알고 있어요? 용서를 빈 걸 알고 있어요? 자기를 부추겼던 친구들과는 관계를 끊었고 이제 공작을 믿는다고 했어요. 당신들 중 누가 그런 식의 편지를 받아본 적 있어요?”

실제로 공작은 부르도프스키로부터 정중한 사과 편지를 받았고, 그는 그것을 리자베타가 찾아왔을 때 보여준 바 있었다.

그때였다. 이제까지 입을 다물고 있던 콜랴가 큰 소리로 말했다.

“그런데 그들 중 한 명이 이곳에 와 있어요. 이폴리트 말이에요. 공작이 부인과 나가자마자 그가 왔기에 제가 이리로 데려왔어요. 어제 공작이 우리들에게 찾아왔을 때 이폴리트가 공작

의 손을 잡고 두 번이나 입을 맞추었어요. 공작이 공작의 별장
에 가서 지내면 몸이 훨씬 나아질 거라고 말했고, 이폴리트는
기분이 좋아지면 가겠다고 대답했어요. 그래서 지금 온 거예요.
하지만 지금 잠들어 있으니 내일 보는 게 나을 거예요.”

리자베타가 만사가 귀찮다는 듯 일어서며 말했다.

“자, 음악이나 들으러 가요.”

모두들 그녀를 따라 일어났다.

제2장

모두들 자리에서 일어났을 때 공작이 갑자기 예브게니에게 다가갔다.

"예브게니 파블로비치." 공작은 그의 손을 잡고 이상하게 흥분한 목소리로 말했다. "어쨌든 나는 당신이 가장 고상하고 선량한 사람이라고 생각하고 있어요. 믿어주세요."

놀란 예브게니는 공작의 얼굴을 똑바로 바라보았다. 공작은 마치 제정신이 아닌 것 같았다.

"아아, 사실은 내가 말을 걸고 싶었던 건 당신이 아니었는지도 몰라요. 어쨌든 나는 떠나겠어요."

곁에서 보고 있던 리자베타가 걱정스러운 눈으로 콜랴에게 말했다.

"갑자기 왜 저러지? 혹시 또 발작하는 거 아니야?"

그 소리를 듣고 공작이 말했다.

"걱정마세요, 리자베타 프로코피예브나. 발작이 아니에요. 전 곧 떠나버릴 거예요. 저는 자연이 저를…… 저를…… 버렸다는 걸 알아요…… 저는 24년 동안 병을 앓고 있어요…… 저는 사회생활에 어울리지 않아요. 제가 없는 게 더 나아요…… 그냥 하는 소리가 아니에요. 지난 사흘 동안 곰곰이 생각한 거예요. 그리고 여러분들을 만나면 솔직하게 이야기해야겠다고 생각했어요…….

저는 적절한 태도도 취할 줄 모르고 감정을 절제할 줄도 몰라요…… 제 생각을 말이나 행동으로 표현할 수가 없어요…… 저는 이 집의 그 누구도 저를 공격하지 않고, 과분할 정도로 저를 사랑한다는 것을 잘 알아요. 하지만 저는 20여 년간 앓은 병이 그 무언가 흔적을 남기고 있다는 것을, 그래서 사람들이 저를 비웃을 수밖에 없다는 것도 잘 알아요…… 정말, 그렇지 않나요?"

그는 주위를 둘러보았다. 마치 대답을 기다리는 것 같았다. 하지만 사람들은 공작이 왜 저런 느닷없는 말을 하는지 의아해 할 뿐이었다. 그런데 공작의 예기치 못한 이 말은 또 다른 이상한 사태를 불러일으켰다.

"아니, 도대체 왜 여기서 그런 이야기를 하는 거예요! 왜 이 사람들 앞에서 그런 이야기를 하는 거예요! 이 사람들 앞에서!" 아글라야의 외침이었다.

그녀는 극도로 분개하고 있었으며 눈에서는 불꽃이 튀었다.

"여기서 당신의 그런 말을 들을 자격이 있는 사람은 아무도 없어요! 전부 다 당신의 새끼손가락만도 못한 사람들이에요! 당신이 신경 쓰거나 마음을 줄 사람들이 아니라고요! 당신은 그 누구보다 정직하고, 그 누구보다 고상하며, 그 누구보다 선량하고 똑똑해요! 왜 그렇게 스스로를 낮추는 거예요? 무엇 때문에 당신이 지닌 것을 짓밟고 자존심을 버리는 거예요!"

"맙소사! 저 애 입에서 어떻게 저런 말이!" 리자베타가 놀라서 두 손바닥을 마주치며 소리쳤다.

"만세! 「가난한 기사」가 누군지 알겠네요!" 콜랴가 기쁨에 넘쳐 외쳤다. 그러자 이번에는 아글라야의 입에서 뜻하지 않은 말이 나왔다.

"어머니! 제발 가만히 계세요! ……어떻게 내 집에서 그렇게 나를 모욕하는 말을 할 수 있는 거예요! 왜 다들 나를 그렇게 못살게 구는 거지요? 공작, 왜 모두들 당신 문제를 두고 나랑 싸우려드는 거지요? 어떤 일이 있어도 나는 당신과 결혼하지 않을 거예요!"

그러자 아델라이다와 알렉산드라가 아무도 그녀를 못살게 굴지 않았고, 그녀와 공작과의 결혼에 대해서는 생각해본 적도 없다고 반박했다. 그러자 공작이 슬그머니 말했다.

"아글라야 이바노브나, 나는 당신에게 정식으로 청혼한 적이 없습니다. 누군가 저를 중상한 게 틀림없습니다. 진정하셔도 됩니다."

"자, 어서 산책이나 나가요." 아델라이다가 소리쳤다. 그러자 아글라야가 공작에게 다가와 말했다.

"공작, 당신이 내 기사가 돼줄 거지요? 엄마, 그래도 되지요? 나를 원치 않는 기사님! 내게 딱지를 놓은 거지요? 어머, 숙녀에게 그런 식으로 팔을 내미는 게 아니에요. 그런 것도 모르다니…… 그렇지, 그렇게 하는 거예요. 자, 가지요. 우리가 앞장서요. 앞장서서 나란히 걸어요."

공작은 그녀 말대로 앞장서서 걸었다. 그는 아글라야와 함께 걷는 동안 내내 말이 없었다. 그런데 아글라야의 수수께끼 같은 행동은 그걸로 그친 게 아니었다.

그들이 별장에서 100보 정도 멀어졌을 때였다. 그녀가 공작에게 말했다.

"오른쪽을 보세요."

공작은 고개를 돌렸다.

"잘 보세요. 저기 공원에 작은 벤치가 보이지요? 커다란 나무 세 그루가 있는 곳에…… 초록색 벤치요."

공작이 보인다고 대답했다.

"어디, 저곳이 마음에 들어요? 가끔, 아침 7시쯤 아직 사람들이 잠들어 있을 때 나 혼자 저기 와서 앉곤 해요."

공작은 아주 멋진 곳이라고 나직이 말했다. 그러자 그녀가 덧붙였다.

"자, 이제 가보세요. 더 이상 당신과 팔짱을 끼고 걷고 싶지 않아요. 나랑 팔짱을 계속 끼고 있으려면 아무 말도 하지 말아요. 생각을 방해받고 싶지 않으니까……."

하지만 쓸데없는 주의였다. 그런 경고를 들었건 말건 공작은 내내 아무 말도 없었을 것이다. 아글라야가 벤치 이야기를 했을 때 그의 심장은 격렬하게 두근거리기 시작했다. 그리고 잠시 후 그는 '내가 무슨 말도 안 되는 생각을 하고 있는 거야'라며 자신을 질책했다.

파블롭스크 역 광장은 주말이면 온갖 사람들이 나와서 산책을 하거나 그곳에서 열리는 연주회를 즐겼다. 하지만 평일에는 보다 '선택된 사람들'이 모였다. 공원에서는 러시아에서 가장 뛰어나다고 할 수 있는 오케스트라가 늘 새로운 곡을 연주했다. 사람들은 음악도 즐길 겸, 낯익은 사람들끼리 만나서 환담도 나눌 겸 이곳으로 모여들었다.

그날 저녁은 날씨가 유난히 좋았기에 오케스트라 주변에는 자리가 거의 없을 정도로 사람들이 붐볐다. 그들 일행은 역 왼쪽 출구 근처 약간 떨어진 곳에 자리를 잡았다. 아는 사람들과 인사를 나누고 음악을 들으면서 리자베타는 어느 정도 생기를 되찾았고 딸들도 즐거워했다. 그들 일행 중에 사람들과 인사를 나누느라 가장 바쁜 사람은 예브게니였다. 예브게니와 인사를 나눈 사람들 중 두세 명의 젊은이가 일행 곁에 머물렀다. 그들 중에는 아주 잘생긴 데다 명랑하고 이야기를 즐기는 한 장교가 있었다. 예브게니는 그 장교를 아글라야와 공작에게 소개해주었다.

공작은 약간 멍한 상태였다. 그는 어디론가 가버리고 싶다는, 이대로 영영 사라지고 싶다는 욕구에 사로잡혔다. 아무리 음침하고 황량한 곳이라도 모든 사람에게 잊혀져 홀로 생각에 잠겨 있을 수만 있다면 아무 상관없을 것 같았다. 최소한 자기 집 테라스 소파에서 베개에 얼굴을 파묻고 홀로 있어도 좋을 것 같았다. 그리고 그가 스위스에 있을 때 즐겨 찾곤 했던 산의 정상이 꿈처럼 떠올랐다.

'멀리 골짜기들과 들판이 펼쳐져 있으며 멀리 폭포가 가느다란 실처럼 은빛으로 반짝이고, 더 멀리 폐허가 된 옛 성채가 눈에 들어오던 그곳. 아, 그곳에서 오로지 한 가지 생각만 하며 지낼 수 있다면! 아, 모든 사람이 자신을 잊었으면! 완전히 잊을 수 있다면! 그들이 자신을 알지 못했던 것이 훨씬 나았을 것을! 이 모든 것이 단지 꿈에 불과하다면! 그래, 이 모든 것은 한낱 꿈이리라!'

그는 이따금 아글라야에게 얼굴을 돌리고 그녀에게서 5분가량 눈길을 돌리지 않았다. 하지만 그의 눈빛은 매우 이상했다. 그는 마치 5킬로미터 이상 떨어진 사물을 바라보듯 그녀를 바라보았다. 마치 살아 있는 인물이 아니라 초상화를 바라보는 깃 같았다.

"왜 나를 그런 식으로 바라보는 거예요?" 아글라야가 공작을 보며 말했다. "당신이 무서워요. 마치 내가 실물이 맞는지 확인하려고 손을 뻗어 내 얼굴을 만지려는 것 같아요. 예브게니, 안 그래요?"

공작은 여전히 멍한 채 그녀가 무슨 말을 하는지 알아듣지도 못했다. 그는 주변을 바라보았다. 모두들 자신을 바라보며 웃는 것을 보고 그도 따라서 웃었다. 특히 장교의 웃음소리가 제일 컸다.

"이런 백치 같은 사람!" 마치 화가 난 듯 아글라야가 공작을 향해 큰 소리로 외쳤다. 그러자 공작이 몸을 부르르 떨었다. 잊고 있던 '백치'라는 말을 들었기 때문이 아니었다. 그다지 멀지 않은 곳에서 곱슬머리의 창백한 얼굴이 눈에 띄었던 것이다. 그러나 그 사내는 이내 사라졌다. 공작은 무슨 환영을 본 것이 아닌가 생각했다.

그때였다. 공작 일행이 자리 잡고 있는 곳에서 가까운 역 측면에서 한 떼의 사람들이 나타났다. 그들 무리의 맨 앞에는 눈부신 미녀가 있었고 그 옆에 두 명의 여자가 있었다. 그녀들 뒤를 눈부신 미녀의 추종자로 보이는 사내들이 뒤따르고 있었다.

그들은 마치 자기들이 나타난 것을 많은 사람에게 알리려는 듯 큰 소리로 웃고 떠들어댔다. 그들 중 일부는 술에 취해 있었다. 그들 중에는 군인도 있었고 늙수그레한 사람들도 있었으며 말끔하게 정장으로 차려입은 젊은이들도 있었다.

그들이 서 있는 곳에서 오케스트라가 연주하고 있는 광장으로 내려가려면 세 계단을 더 내려가야 했다. 일행 중 미녀가 앞장서서 계단을 내려갔고, 추종자 중 두 명이 그녀의 뒤를 따랐다. 화려한 옷차림의 그녀는 악단 곁을 지나 광장의 맞은편으로 가고 있었다.

공작은 이미 3개월 전부터 그녀를 보지 못했다. 그는 페테르부르크에 도착한 후 그녀의 집에 들러보려 했었다. 하지만 그 어떤 은밀한 예감이 그의 방문을 막았다. 그에게 단 한 가지 확실한 것이 있었다면 그 만남이 고통스러우리라는 것이었다. 지난 6개월 동안 그는 그가 그녀를 보고 처음에 받았던 인상, 실물이 아니라 사진을 보고 받았던 그 인상을 자주 상기했고, 그럴 때마다 너무 고통스러웠다. 그가 그녀를 거의 매일 보았던 지방에서의 1개월도 그에게는 온통 고통으로 가득 차 있었기에 그는 그간의 추억도 가능한 한 되살리지 않으려 했다.

나스타시야 필리포브나의 얼굴은 늘 공작에게 그 무언가 비통한 느낌을 주었다. 공작은 로고진과 이야기를 나누면서 그 감정을 '무한한 연민'이라고 해석했다. 그것은 사실이었다. 나스타시야의 사진을 볼 때마다 그는 고통스러울 정도의 연민과 동정을 느꼈다.

그러나 공작은 로고진에게 그 말을 하면서 뭔가 만족스럽지 못했다. 뭔가 부족했다. 그런데 그녀가 갑자기 나타난 바로 이 순간, 그는 그 부족한 것이 무엇인지 직관적으로 깨달았다. 연민이라는 단어에 공포라는 단어를 덧붙여야만 했었다. 그렇다! 그것은 공포였다! 지금, 홀연, 그는 그 공포를 완전히 느낄 수 있었다. 그리고 그는 나스타시야 필리포브나가 미쳤다는 것을 확신하고 또 확신했다. 그가 그녀를 미쳤다고 하는 이유는 그 자신만이 알 수 있었다. 한번 상상해보라. 당신이 어느 여인을 이 세상 그 누구보다 사랑하고 있으며, 그 여인과의 사랑이 이루어지리라고 예감하고 있는데, 그녀가 쇠사슬에 묶인 채 철창 안에 갇혀 있다면, 그녀가 간수의 몽둥이 아래 감시를 받고 있다면 어떤 기분이 들겠는가? 그날 바로 그 순간, 공작에게 들었던 느낌이 바로 그런 것이었다.

아글라야가 그런 공작을 빤히 쳐다보더니 순진하게 그의 팔을 잡아끌면서 그에게 물었다.

"무슨 일이에요?"

공작은 그녀를 향해 고개를 돌렸다. 그는 그녀의 검은 눈동자에서 그로서는 이해하기 힘든 불꽃이 이는 것을 볼 수 있었다. 그는 아글라야에게 미소를 보내려 했다. 그러나 그는 갑자기 그녀의 존재 자체를 잊은 듯 조금 전부터 자신을 사로잡고 있던 환영을 향해 고개를 오른쪽으로 돌렸다.

그때 나스타시야는 예판친 장군의 딸들이 앉아 있는 의자 곁을 지나고 있었다. 그런데 아무것도 보지 못한 듯 곁을 지나가던 나스타시야가 갑자기 고개를 돌리더니, 그제야 예브게니를 본 것처럼 말했다.

"어머, 저 사람이 저기 있네! 소포를 보내려고 아무리 찾아도 찾을 수 없더니, 도무지 있을 곳 같지 않은 곳에 앉아 있네······ 난 당신이 당신 백부 댁에 있는 줄 알았지······."

예브게니는 얼굴을 붉히면서 그녀를 사나운 눈길로 바라보더니 곧바로 눈길을 돌렸다.

"아니, 아직 모르는 거야? 어떻게 아직 모를 수가 있어? 그 양반이 자살했다고! 오늘 아침에 당신 백부가 권총 자살했다니까! 공금 35만 루블을 횡령했대요. 50만 루블이라고 하는 이도 있더군. 당신에게 유산을 남겨줄 줄 알았는데 말짱 꽝인 거지. 늙은 방탕아였던 거야. 그래, 안 가볼 거야? 그런데 당신, 어제 사표를 냈더군. 미리 알았던 게 틀림없어. 아니면 어제 겨우 알았던가. 자, 안녕!"

예브게니는 애써 그녀의 말을 듣지 않으려 했지만 어쨌든 충격을 받을 수밖에 없었다. 순간 리자베타가 튕기듯 자리에서 일어나 그곳에서 빠져나왔다. 다만 공작은 약 1분가량 망설이다가 일행의 뒤를 따랐고 예브게니만이 온통 얼이 빠진 채 그 자리에 그대로 있었다.

그때였다. 갑자기 돌발 사태가 벌어졌다. 아글라야와 이야기를 나누고 있던 예브게니의 친구인 장교가 화를 버럭 내며 소리쳤던 것이다.

"저런 계집에게는 채찍밖에 없어! 채찍 외에는 다스릴 방법이 없어!"

그러자 나스타시야가 고개를 홱 돌리더니 분노로 이글거리는 눈으로 그를 노려보았다. 그런데 그녀 곁에 생면부지의 젊은이 한 명이 가느다란 등나무 지팡이를 들고 있었다. 그녀는 다짜고짜 그에게서 지팡이를 낚아채더니 자신을 욕한 사내의 얼굴을 힘껏 내리쳤다. 순식간에 벌어진 일이었다. 이성을 잃은 장교가 그녀에게 달려들었다. 만약 누군가 갑자기 나서지 않았다면 그녀는 큰 봉변을 당했을 것이다. 그런데 바로 그때 앞으로 나서며 장교의 팔을 잡은 사람이 있었다. 바로 공작이었다. 장교는 공작의 손을 뿌리친 후 그의 가슴을 힘껏 떠밀었고 공작은 뒤로 몇 발자국 밀려나다가 의자 위로 넘어졌다. 순간 나스타시야의 보호자가 나타났다. 독자가 이미 알고 있는 퇴역 장교이자 복서인 켈레르였다. 이어서 군중 속 어디선가 로고진이 나타나더니 나스타시야의 팔을 붙잡고 그녀를 데려갔다.

얼마 후 경찰이 나타나서 소동은 가라앉았고, 지팡이 찜질을 당한 장교는 평정을 되찾고 나서 미쉬킨 공작에게 이름을 물어본 후 떠나갔다. 곧이어 악단이 연주를 계속했다. 20미터 정도 떨어진 곳에 가족과 함께 있던 아글라야는 몹시 흥분한 상태로 이 모든 것을 지켜보고 있었다.

제3장

공작은 겨우 마음을 가라앉히고 예판친 가족의 별장으로 갔다. 하지만 예판친 가족들은 모두 안으로 들어갔는지 아무도 없었고, 공작은 하릴없이 홀로 테라스에 앉았다. 그는 마치 세상만사를 모두 잊은 것 같았다. 아무도 방해하지 않는다면 몇 년이고 그대로 앉아 있을 것만 같았다. 가끔 위층에서 걱정이 뒤섞인 대화들이 오가는 것을 들을 수 있었지만 마치 그의 귀에는 아무 소리도 들리지 않는 것 같았다. 그는 자신이 얼마 동안 그곳에 있었는지조차 알 수 없었다. 이미 날이 저물고 땅거미가 완전히 졌다. 그때 아글라야가 갑자기 테라스에 모습을 드러냈다.

"여기서 뭘 하고 있는 거예요?" 그녀가 그에게 가까이 오면서 물었다.

당황한 공작은 무슨 말인가 중얼거리며 자리에서 일어났다. 하지만 아글라야가 그의 곁에 앉자, 공작도 다시 제자리에 앉았다.

한동안 말이 없던 그녀가 불쑥 입을 열었다.

"자, 잘 들어보세요. 누군가 당신에게 결투를 신청하면 당신은 어떻게 할 거예요?"

"하지만 도대체 누가…… 내게 결투를 신청할 사람은 아무도 없습니다."

"어쨌든 그런 일이 일어난다면…… 당신은 겁을 먹겠지요?"

"아마…… 그래요…… 무서울 겁니다."

"정말이에요? ……그렇다면 당신은 겁쟁이인가요?"

"아니, 그건 지나친 말입니다." 공작은 잠시 생각에 잠겼다가 웃으며 말했다. "겁쟁이는 무서워서 도망가는 사람을 말하지요. 하지만 나는 도망가지 않을 겁니다."

"그래요? 당신 총을 쏴본 적 있어요?"

"한 번도 쏴본 적이 없습니다."

"정말 장전해본 적도 없단 말이에요?"

"권총 작동 원리는 알지만 직접 장전해본 적은 없습니다."

그녀는 답답하다는 듯 그를 바라보더니, 당장 권총을 한 자루 장만하라며 권총을 장전하는 법에 대해 그에게 자세하게 설명했다. 공작은 웃음 띤 얼굴로 그녀의 얼굴을 바라보았고, 그녀는 그의 그런 모습을 보고 화가 난 듯 발을 굴렀다. 하지만 공작은 그녀가 자기 곁에 앉아 있다는 사실 외에는 아무 생각도 나지 않는 것 같았다. 그 순간 그녀가 무슨 말을 하든 그 내용은 그에게 아무 상관이 없었다.

그때 예판친 장군이 테라스로 내려왔다. 어딘가 수심에 가득 찬 표정이었다. 그가 공작에게 말했다.

"아, 레프 니콜라예비치…… 자네, 어디 가볼 데 없으면 나랑 걸으며 이야기 좀 나눌까?"

순간, 아글라야가 "자, 잘 가요"라고 말하며 그에게 손을 내밀었다. 테라스는 이미 상당히 어두웠기에 그녀의 얼굴 표정을 알아볼 수는 없었다. 장군과 함께 테라스에서 나온 공작은 얼굴이 빨개진 채 오른손 주먹을 꽉 쥐었다.

길을 걸으며 장군은 두서없는 말을 늘어놓았다. 무언가 하고 싶은 말이 있지만 말을 빙빙 돌리고 있음이 분명했다. 공작은 그의 말을 하나도 알아들을 수 없었다. 마침내 장군이 작심한 듯 말했다.

"모두들 전부 이상한 사람들이 되었어. 아내가 저토록 히스테리를 부리는 것도 이해할 수 없고…… 그 막돼먹은 계집이 한 짓도 그렇고…… 무슨 음모가 숨어 있는 것 같아…… 자네 생각은 어떤가? 모든 일이 실체 없는 무슨 신기루 같아…… 마치 달빛처럼……."

"그녀는 미쳤어요." 공작은 좀 전에 있었던 일을 고통스럽게 머리에 떠올리며 중얼거렸다.

"그래? 나도 거의 비슷한 생각을 했었지. 하지만 오늘 행실을 보면 그 여자는 미치지 않았어. 그 여자가 한 말이 정확하다니까…… 그 여자는 무슨 교활한 사기극을 연출하고 있는 거야. 예브게니의 큰아버지인 카피톤 알렉세이치 라돔스키가 동틀 무렵인 아침 7시에 권총 자살을 했어. 일흔 노인이었는데 대단히 향락을 즐겼고, 공금도 횡령했다는군. 물론 예브게니의 재산은 조금도 축나지 않고 제대로 보전될 거야…… 그런데, 내 자네에게 단도직입적으로 자네 생각을 묻겠네. 정확한 이야기는 아니지만, 예브게니가 아글라야에게 한 달 전쯤에 청혼을 했다가 거절당했다더군. 자네 생각은……?"

"그럴 리가 없어요!" 공작이 큰 소리로 외쳤다.

"도대체 자네가 알고 있는 게 뭐 있나? 내, 자네를 내 친아들처럼 생각하니 말하겠네. 나는 물론이고 심지어 리자베타도 자네를 여전히 사랑하고 있네. 왜 그런지 이유는 모르겠지만 그녀가 자네를 다시 칭찬하기 시작했어. 그런데 이게 무슨 수수께끼 같은 소린지! 그 냉혹한 새끼 마녀가(자식을 이런 식으로 부르는 걸 용서하게. 하지만 어머니 앞에 떡 버티고 서서 우리들 말을, 특히 내 말을 비웃듯 바라보고 있는 그 애가 새끼 마녀가 아니고 무엇이겠나?) 우리들 앞에서 코웃음을 치며 말하더군. '그 미친 여자가 무슨 짓을 하는지 모르겠다는 거예요? 그 미친 여자가 무슨 수를 써서라도 나를 미쉬킨 공작과 결혼하게 만들려는 거예요. 그래서 예브게니를 우리에게서 떼어내려 하는 거라고요.' 자, 자네는 선량한 사람이니 화는 내지 말게. 그 애가 자네를 비웃었다네. 틀림없는 사실이니 다른 생각일랑 품지 말게. 그 애는 자네를 비롯해서 우리 모두를 심심풀이로 놀리고 있는 거야. 자, 그럼 나는 이쪽으로 가봐야겠네. 잘 가게."

홀로 남은 공작은 재빨리 어느 별장의 불 켜진 창문 앞으로 다가갔다. 그는 장군과 대화하는 동안 오른손에 꽉 쥐고 있던 작은 쪽지를 흐린 불빛에 대고 읽었다.

내일 아침 7시에 공원에 있는 초록색 벤치에서 당신을 기다리겠어요. 아주 중요한 이야기가 있어요. 당신과 직접 관계되는 일이에요.

추신: 아무에게도 이 편지를 보여주지 않겠지요? 당신에게 이런 요구를 하는 게 민망할 뿐이지만 당신의 이상한 성격에 비춰볼 때 그럴 필요가 있다고 생각했어요.

추신: 내가 아까 가리켰던 그 벤치를 말하는 거예요. 이런 말을 덧붙여야만 하다니, 부끄러운 줄 아세요.

일종의 공포라고 할 수 있는, 이루 말로 표현하기 힘든 동요에 휩싸여 공작은 다시 그 편지를 손에 꼭 쥐었다. 그는 마치 겁에 질린 도둑처럼 불빛이 비치는 창가에서 물러났다. 그러다가 그는 바로 그의 뒤에 서 있던 어떤 사내와 어깨를 부딪쳤다.

"당신을 뒤따르고 있었습니다." 그 사내가 말했다.

"아, 켈레르 씨 아닙니까?"

"맞습니다. 당신을 찾고 있었지요. 당신에게 도움을 주기 위해서입니다. 당신을 위해서라면 목숨까지 바칠 각오가 되어 있습니다."

"아니, 왜 그런 말을?"

"틀림없이 결투 도전장이 날아올 겁니다. 저는 그 몰로프소프 중위란 위인을 잘 압니다. 모욕을 참고 견디는 사람이 아닙니다. 당장 내일이라도 날아올지 모릅니다. 저를 증인으로 삼아 주십시오."

"당신도 결투 이야기를 하고 있군요!" 공작이 소리쳤다. 그러고 나서 그가 갑자기 웃음을 터뜨리자 켈레르는 어안이 벙벙해졌다. 마치 자신의 호의를 무시하는 것 같아서 모욕감을 느낄 정도였다.

"우리가 싸워야 할 이유는 하나도 없어요. 그 사람도 나를 떠밀었으니까요. 하지만 그래도 싸워야 한다면 싸우지요, 뭐. 쏠 테면 쏘라지요. 하, 하, 나도 이제 총 장전하는 법을 배웠으니까. 자, 결투 이야기는 그만하고 가능한 한 빠른 시간 안에 내 집으로 와서 샴페인이나 마셔요. 내가 열두 병의 샴페인을 레베데프의 저장 창고에 보관해둔 거 알아요? 어제 레베데프에게서 샀어요. 오늘 사람들을 다 부르겠어요."

그러더니 공작은 켈레르를 내버려두고 길을 건너 공원으로 사라졌다. 켈레르는 공작의 뒷모습을 바라보며 공작이 뭔가 평소와는 다르다고 생각했다.

'뭔가 열병에 걸린 것 같군.'

제3장

사실이었다. 공작은 열에 들떠 오랫동안 깜깜한 공원을 배회했다. 훗날 그는 자신이 초록색 벤치와 그로부터 100보 정도 떨어진 가로수 길 사이를 30번에서 40번 정도 왔다 갔다 했음을 기억해냈다. 하지만 그렇게 오가면서 무슨 생각을 했는지 되짚어보려 해도 도무지 기억이 나지 않았다. 그는 그만큼 정신이 없었다.

그는 주머니에서 편지를 꺼낸 다음 입을 맞추었다. 하지만 그는 곧바로 생각에 잠겼다.

'정말 이상해.' 그런 후 그는 뭔가 알 수 없는 슬픔에 잠겼다. 그는 기쁨이 절정에 달했을 때면 이유를 알 수 없는 슬픔을 느끼곤 했다. 그는 유심히 주위를 둘러보았다. 그리고 자신도 모르게 벤치 가까이 와 있는 것을 보고 놀랐다. 그는 피곤함을 느끼고는 벤치에 가서 앉았다. 연주는 이미 끝나 있었고 공원에는 아무도 없었다. 이미 11시 반이 다 되어가고 있었던 것이다. 고요하고 따뜻하며 맑은 6월 초의 한밤이었다.

그 순간 누군가가 그에게 그가 사랑에 빠진 것이라고, 그것도 아주 열정적인 사랑에 빠진 것이라고 말한다면 그는 깜짝 놀라 그 말을 부인할 것이다. 심지어 화를 낼지도 모른다. 또 누군가가, 아글라야가 보낸 편지가 연애편지이고 그에게 밀애를 제안한 것이라고 한다면 너무 분개해서 당장에 결투를 신청할지도 모른다. 그 모든 것은 진심이었다. 그는 아글라야가 자신을 사랑한다거나 자신이 그녀를 사랑할 수 있다는 복잡한 생각을 해본 적이 없었다. 그는 그 생각만으로도 부끄러웠을 것이다. 자신과 같은 남자가 그 누군가에게서 사랑을 받을 수 있다는 가정은 괴이한 생각일 뿐이라고 그는 생각했다. 만일 그 비슷한 일이 일어나더라도 그것은 여자 편에서 장난을 친 것일 뿐이라고 생각했다. 그렇기에 그는 그녀가 자신을 벤치로 불러내서 과연 무슨 이야기를 하려는 것인지 궁금할 뿐이었다. 그는 권총 장전하는 법에 대한 그녀의 말에 귀를 기울이며 그녀를 바라보고 있는 자신의 모습만 떠올릴 수 있을 뿐이었다. 공작은 그 외에 도대체 무슨 중요한 일이 있을 것인지 전혀 짐작도 할 수 없었고, 그것이 어떤 것일지 아예 생각조차 할 수 없었다.

그때 가로수 길의 모래를 밟는 소리가 들렸다. 그는 고개를 들었다. 어둠 속이라 얼굴을 알아볼 수 없는 사람이 벤치로 다가와 그의 곁에 앉았다. 얼굴을 가까이해보니 누구인지 알 수 있었다. 바로 로고진이었다.

"자네가 이곳 어딘가서 배회하고 있다는 걸 알고 있었다네.

찾는 데 그리 오래 걸리진 않았어."

둘은 여관 복도에서 만난 이래로 오랜만에 처음 만난 것이었다. 공작은 당황해서 말했다.

"아니, 자네가 나를 찾았다고?"

"켈레르에게 모든 이야기를 다 들었네. 나는 지금 그 여자에게서 오는 길이라네. 자네를 꼭 보고 싶어해. 급히 말할 게 있다더군. 오늘 밤 당장 자네에게 가보라고 명령하더군."

"내일 가겠네. 지금은 곧바로 집으로 돌아가고 싶어. 자네…… 나랑 함께 가겠나?"

로고진은 쓸쓸한 미소를 띠며 말했다.

"뭣 하러? 이제 볼일 다 봤으니 가봐야겠네. 잘 있게. 어쨌든 자네는 놀라운 사람이야."

"왜 그러나? 자네 아직 나를 증오하나?" 공작이 슬픈 목소리로 말했다. "자네, 이제 자네가 다 잘못 생각했었다는 걸 잘 알지 않나? 그런데 자네에게는 아직도 나를 향한 증오심이 남아 있어. 왜 그런지 아나? 자네가 나를 해치려고 했었기 때문에 여전히 나를 증오하는 거야. 자네에게 분명히 말하지. 내게는 십자가를 교환하며 의형제를 맺었던 로고진의 모습만 남아 있을 뿐 그때 모습은 지워지고 없어. 우리 사이에 자네의 상상으로 빚어냈던 악의가 존재할 이유가 없어."

"이보게, 레프! 나는 자네를 좋아하지 않아. 그런데 내가 왜 자네와 함께 자네 집에 가야 하는 거지? 자네는 장난감을 내놓으라고 억지로 떼를 쓰는 어린애 같아. 내가 자네를 안 믿는 것 같나? 물론 다 믿어. 앞으로도 자네를 믿을 거야. 자네는 자네에게 칼을 들이댄 로고진은 잊고 십자가를 교환한 로고진만 기억하겠다고 했어. 분명히 그럴 거야. 하지만 자네는 내 감정을 몰라. 난 거기에 대해 한 번도 뉘우쳐본 적이 없어."

"자네, 왜 나를 자네 어머니에게 데려갔던 건가? 자기 자신에게 주의를 주기 위해서가 아니었나? 물론 아무 생각 없이 본능적으로 한 행동이었겠지만…… 그 당시 우리 둘은 같은 느낌을 받고 있었던 거야. 하긴 나도 자네를 의심했었으니 우리는 똑같은 죄를 지은 거지. 그렇게 얼굴 찌푸리지 말게. 아니, 왜 그렇게 웃는 건가? 뉘우치지 않는다고? 그래, 나를 좋아하지 않으니까. 그 여자가 자네보다 나를 더 좋아하고 있다고 생각하고 있으니까. 하지만 그건 쓸데없는 질투심일 뿐이야. 자네, 그녀가 그 누구보다 자네를 사랑하고 있다는 걸 알고 있나? 그녀가 자네를 괴롭히면 괴롭힐수록 오히려 자네를 더 사랑한다고 말하고 싶을 정도라네. 그런 식으로 사랑받길 원하는 여자

들이 있는 법이고 그녀가 바로 그런 여자들에 속해. 자네의 성
격과 사랑이 그녀를 감복시킬 거야!"

로고진은 공작이 하는 말을 다 듣고 있더니 껄껄거리며 웃기
시작했다.

"그런데 공작, 자네도 그와 비슷한 것을 느끼지 않았나?"

"무슨 소리를 하는 건가?"

"그녀가 오래전에 자네에 대해 이야기를 한 적이 있지. 자네
가 그 아가씨와 앉아 있는 걸 보고 나도 확인할 수 있었어. 나
스타시야가 뭐라고 했는지 아는가? 자네가 아글라야 예판치나
에게 홀딱 빠져 있다고 했다네. 그녀는 자네와 그 아가씨를 꼭
맺어주고 싶어해. 그러면서 내게 뭐라고 했는지 아나? '그 전
에는 절대로 당신과 결혼하지 않을 거야. 그들이 혼례식을 치
르는 날 우리도 혼례식을 치를 거야.' 그 여자는 자네를 사랑하
는 걸까? 그렇다면 왜 다른 여자에게 장가를 보내려는 걸까?
'난 그 사람이 행복해지는 걸 보고 싶어'라고 말하는 걸 보면
자네를 사랑하는 게 분명한데……."

"그녀는 제정신이 아니야."

"어쨌든 그녀는 3주 후에 결혼하자고 내게 말했어. 이제 모
든 건 자네에게 달려 있어."

"도저히 있을 수 없는 일이야! 내가 내일 찾아가겠어."

"그 여자가 미쳤다고? 다른 사람들은 다 정상이라고 생각하는데 자네만 미쳤다고 하고 있군. 그녀가 정말 미쳤다면 어떻게 그런 편지를 썼지?"

"무슨 편지 말인가?"

"아글라야에게 편지를 썼지. 정말 몰랐나? 그녀에게 물어보게나. 자네에게 편지를 보여줄 거야."

"무슨 말도 안 되는 소리를! 그런 소리 그만하고, 내일이 바로 내 생일이라는 사실이 갑자기 생각났네. 그러니 나와 함께 별장으로 가세. 자정이 다 되었으니 내 생일이 된 거야. 포도주가 있으니 함께 마시세. 자, 가세. 내 소원이 뭔지 나도 잘 모르겠지만 자네가 그걸 기원해주게. 나는 자네의 행복을 빌어주겠네. 나는 자네 없이 새 삶을 시작하고 싶지 않아. 이제 나의 새 삶이 시작된 거야. 자네 모르겠나? 오늘부터 내 새 삶이 시작되었다는 걸."

"그래, 내 눈으로 봤으니 자네 새 삶이 시작된 걸 나도 알겠어. 그걸 그녀에게 말해야지. 어쨌든 레프, 자네는 지금 제정신이 아니야."

제3장

43

제4장

로고진과 함께 별장에 가까이 가면서 공작은 환하게 밝혀진 테라스에 많은 사람들이 모여 있는 것을 보고 놀랐다. 모두들 즐겁게 웃음 짓고 있었으며 큰 목소리로 떠들고 있었고, 큰 소리로 논쟁을 벌이고 있는 사람들도 있었다. 한마디로 모두 즐거운 시간을 보내고 있었고, 술에 취한 모습이 역력한 사람들도 있었다.

모두 미쉬킨 공작이 아는 사람들뿐이었지만 그들이 한꺼번에 이렇게 그의 별장에 모였다는 것은 이상한 일이었다. 그는 아무도 초대한 적이 없었으며 게다가 오늘이 자신의 생일이라는 것도 방금 겨우 기억해냈을 뿐이었다.

"누군가에게 샴페인을 내놓겠다고 말했군. 그러니 이렇게 몰

려든 거지." 로고진이 공작을 따라 테라스로 올라서면서 중얼
거렸다.

모두들 환호성을 지르며 반갑게 공작을 맞았다. 모두들 오늘
이 공작의 생일이라는 말을 듣고 모여든 것이었기에 저마다 공
작에게 축하할 차례를 기다렸다. 공작은 부르도프스키까지 온
것을 보고 놀랐다. 하지만 무리 중에 예브게니도 포함되어 있
는 것을 보고 공작은 자기 눈을 의심할 수밖에 없었다.

그 와중에 이미 얼굴이 벌겋게 된 레베데프가 공작에게 달려
와 자초지종을 설명했다. 그의 수다스러운 설명에 따르면 사람
들은 아주 자연스럽게 모이게 된 것이었다. 저녁 무렵 제일 먼
저 이폴리트가 도착했다. 상태가 한결 좋아진 그는 소파에 앉
아 공작이 돌아오기를 기다렸다. 부르도프스키는 그와 함께 온
것이었고 콜랴도 함께였다. 이어서 레베데프가 달려왔고 이볼
긴 장군이 딸들과 함께 도착했다. 가냐와 프티진은 별장 옆을
우연히 지나다 합류한 것 같았다. 다음에 나타난 것은 켈레르
였다. 그는 놀랍게도, 어디론가 사라져 한동안 보이지 않던 페
르디쉔첸코와 함께 도착했다. 별장에 도착하자마자 그는 오늘
이 공작의 생일임을 모두에게 알리고 샴페인을 내놓으라고 레
베데프에게 요구했다. 레베데프는 선선히 샴페인과 포도주를

내왔고, 자신이 공작의 생일을 축하해 한턱내는 것이라고 말했다. 예브게니는 불과 30분 전에 나타났다.

공작은 모든 사람과 인사를 나눈 후 예브게니에게 다가갔고 예브게니는 즉시 공작의 손을 잡으며 낮은 목소리로 말했다.

"당신에게 간단하게 할 말이 있어서 왔습니다. 그 말을 전하려고 30분 이상 기다렸습니다. 내가 쿠르미셰프와의 문제를 해결했습니다. 이제 아무 걱정할 필요 없습니다. 그가 아주 합리적으로 일을 받아들였습니다. 게다가 내가 보기에는 그의 잘못이 더 큰 것 같으니까요."

"쿠르미셰프라니요? 누구 말인가요?"

"아, 아까 당신이 팔을 잡았던 바로 그 장교 말입니다…… 몹시 화가 나서 내일 아침에 당신에게 결투를 신청하려던 참이었지요."

"오, 그럴 리가요! 그리고 예브게니, 당신 다른 용건도 있어서 내게 온 거지요?"

"물론, 쿠르미셰프 일 때문에만 여기 온 건 아니지요. 공작, 나는 내일 동이 트는 대로 백부님의 불행한 일 때문에 페테르부르크로 떠납니다. 모든 게 다 사실이었어요. 나만 빼놓고 다 알고 있었던 거지요. 나는 이곳에 사흘가량 없을 겁니다. 그래서 당신과 흉금을 터놓고 이야기를 나누고 싶었습니다. 사정이 허락한다면 손님들이 다 갈 때까지 기다리겠어요."

"손님들이 언제 갈지 어떻게 압니까? 그러느니 차라리 지금 나와 함께 공원으로 가는 게 낫지 않겠어요? 내가 손님들 양해를 구하지요."

"아니, 그러면 너무 사람들 눈길을 끌게 됩니다. 나는 사람들이 당신과 나를 무슨 이상한 눈초리로 보는 게 싫어요. 저 사람들은 늦어도 두세 시간 후에는 돌아가겠지요. 그런 후 내게 20~30분만 시간을 내주세요."

"좋습니다. 그렇게 하겠습니다. 당신이 저를 그렇게 친근하게 대해주니 너무 반갑습니다."

그들이 이렇게 속삭이는 동안 테라스에 모인 사람들은 끊임없이 대화를 이어나갔다. 그리고 대화는 이른바 '학문적인 수준'에까지 이르렀다. 그중에서 그 누구보다 레베데프가 열을 냈다. 그는 인류의 역사, 인류의 미래, 조국 러시아의 미래 등에 대해 끝없는 장광설을 늘어놓았다. 처음에는 잠자코 듣고 있던 공작도 그 대화에 끼어들어 한마디씩 던지곤 했고 그러면 레베데프는 더 신을 냈으며 모두들 그의 말에 화를 내기도 하고 공감하기도 했다. 다만 이폴리트만은 예외였다. 그는 소파에 길게 몸을 눕힌 채 잠들어 있었다.

그런데 레베데프의 긴 이야기가 끝나갈 무렵 이폴리트가 갑자기 잠에서 깨어났다. 그는 마치 누군가 그의 옆구리를 찌르기라도 한 듯 흠칫 몸을 떨더니 몸을 반쯤 일으켜 주위를 둘러보았다. 그의 얼굴은 창백했다.

"뭐예요? 다들 간 건가요? 다 끝났나요? 해가 떴나요?"그는 근심 어린 표정으로 말하며 공작의 팔을 잡았다. "몇 시지요? 제발 몇 시인지 말해줘요. 너무 깊이 잠들었어요. 내가 오랫동안 잤나요?"

그의 말투는 절박했다. 마치 잠 때문에 자신의 운명이 달린 일을 놓쳐버린 것 같은 말투였다.

"자네는 7, 8분가량 잠을 잤을 뿐이야."

예브게니가 대답했다. 이폴리트는 주위를 둘러보더니 레베데프의 장광설이 이제 겨우 끝났을 뿐이고 사람들이 음식을 먹기 위해 자리에서 일어났을 뿐이라는 것을 알고 안도의 한숨을 내쉬었다.

"아, 잘됐어요. 공작, 당신이 언젠가 아름다움이 세상을 구원할 수 있다고 한 게 생각나네요. 아마 공작이 사랑에 빠져 있기 때문에 그런 익살스러운 이야기를 한 걸 거예요. 공작, 얼굴을 붉히지 말아요. 당신이 불쌍해지잖아요. 과연 어떤 미(美)가 세상을 구할까요? 공작, 당신은 열렬한 기독교 신자지요? 콜랴가 말해주었어요. 에이, 내가 왜 이런 말을 하고 있지? 모두들 음식을 들려고 하는 판에…… 그런데, 공작, 내가 여러분들에게 글을 하나 읽어주려고 해요. 물론 모두들 음식에 더 관심이 있겠지만……."

그 말과 함께 그는 윗도리 호주머니에서 커다란 봉투를 불쑥 꺼내어 탁자 위에 올려놓았다. 모두들 조금씩 반응은 달랐지만 뭔가 떨떠름한 기분에 젖은 표정인 것은 마찬가지였다.

"이게 뭐지? 왜 우리에게 그걸 읽어주겠다는 생각을 한 거지?" 공작이 불안한 어조로 물어보았다.

"이건 어제 내가 쓴 글이에요. 공작, 당신 집에서 지내기로 약속한 다음에 바로 쓴 거예요. 어제 하루 종일 썼고, 밤도 꼬박 새운 다음 오늘 아침에야 겨우 마쳤어요."

"그걸 왜 꼭 지금 읽어주려는 거지? 내일 읽어줘도 되지 않을까?" 공작은 뭔가 겁에 질린 것 같은 표정이었다.

"내일이면 '더 이상 시간이 없어요.' 하지만 아무리 길어야 한 시간 정도밖에 안 걸릴 테니 너무 걱정하지 말아요."

그 누구도 선뜻 읽으라고 동의를 하지 않자 이폴리트는 레베데프에게 20코페이카 은화가 있으면 달라고 했다.

"베라, 이 은화를 저 탁자 위에 던져봐요. 위에 독수리 문양이 나오면 읽고 아니면 그만두겠어요."

베라가 동전을 던졌고 독수리 문양이 나왔다.

이폴리트는 마치 운명에 승복하듯 말했다.

"읽어야겠네요. 자, 여러분 이 글에 저는 '나 죽은 후에 무슨 일이 일어나건'이라는 제사(題詞)를 붙였어요. 어휴, 지금 보니 정말 유치하기 짝이 없는 제사네요. 하긴 모두 쓸데없는 헛소리들인지도 몰라요. 이건 단지 제 생각들을 압축해서 표현한 것이니까……."

그때였다. 이제까지 입을 굳게 다물고 있던 로고진이 한마디 던졌다.

"말이 너무 많군."

이폴리트가 그를 쳐다보았다. 두 사람의 눈이 마주치자 로고진은 씁쓸한 미소를 지으며 수수께끼와 같은 말을 던졌다.

"이보게, 젊은이, 이런 건 그런 식으로 처리하는 게 아니야. 그렇게 하면 안 돼……."

아무도 로고진의 말이 무슨 뜻인지 이해할 수 없었지만 그 말을 듣는 모든 사람에게 이상한 느낌을 주었다. 모두에게 똑

같은 생각이 떠올랐던 것이다.

로고진의 그 말은 특히 이폴리트에게 심한 충격을 준 것 같았다. 그가 갑자기 심하게 몸을 떨었기에 공작이 그를 붙잡아 주어야만 했다. 이폴리트는 뭔가 고함을 지르려 했으나 갑자기 말문이 탁 막혀버린 것 같았다. 그는 잠시 아무 말도 하지 못한 채 가쁜 숨을 내쉬며 로고진을 빤히 쳐다보았다. 이윽고 그가 겨우 입을 열어 몇 마디 말을 꺼냈다.

"그렇다면…… 바로 당신이…… 그때 왔던 사람이, 바로 당신……?"

"내가 자네에게 갔다고? 어떻게? 무슨 말이지?" 로고진은 영문을 모르겠다는 듯 대답했다. 그러자 이폴리트가 거의 미친 듯 화를 내며 그를 덥석 붙잡고 사납게 외쳤다.

"지난주 한밤중, 새벽 1시와 2시 사이에 내게 왔었지요! 내가 당신 집을 방문했던 바로 다음 날에! 그건 바로 당신이었어! 어서 털어놔요! 바로 당신이었다고!"

"지난주 새벽? 이봐, 자네 정신이 완전히 나간 거 아니야?"

이폴리트는 잠시 이마에 손가락을 갖다 대고 상념에 잠겼다.

"그래, 바로 당신이었어. 당신이 우리 집에 찾아와서 한 시간 가량 앉아 있었어…… 무슨 이유에서인지 나를 놀라게 하고 내게 고통을 주기 위해서…… 영문을 알 수 없지만 그건 분명 당신이었어요."

그의 말은 확신에 차 있었다. 로고진을 향한 그의 눈길에 갑자기 증오의 빛이 떠올랐다. 그러더니 그가 사람들을 향해 말했다.

"이제 여러분은 다 알게 될 겁니다. 자, 주목해주세요……."

그 말과 함께 그는 자신이 쓴 글을 읽기 시작했다.

제5장

나의 불가피한 해명

-나 죽은 후에 무슨 일이 일어나건

어제 아침에 공작이 나를 찾아왔다. 이야기 도중 그가 나를 자기 별장에 와 있으라고 제안했다. 나는 그가 그런 제안을 하리라는 것을 알고 있었고, 나를 설득하기 위해 '사람들과 나무들이 있는 시골에서 죽는 게 더 편안할 것이다'라고 말하리라는 것도 알고 있었다. 하지만 그는 '죽는 게'라는 표현 대신 '사는 게'라는 표현을 썼다. 하지만 내 입장에서는 뭐라 표현하건 다 마찬가지다.

그 말을 하면서 그는 미소를 지었다. 그의 미소는 보기에 좋았다. 나는 그를 유심히 살펴보았다. 나는 내가 지금 그를 좋아하는지 아닌지 알지 못하고 그 문제에 신경 쓸 겨를도 없다. 다만 한 가지 확실한 것은 요 몇 주 동안에, 지난 5개월간 지속해 온 그를 향한 증오심이 완전히 사라졌다는 사실이다. 알게 뭔가? 내가 실은 그를 만나기 위해 파블롭스크에 온 것인지…….

그런데 나는 왜 그의 제안을 받아들여 내 방을 떠났던 것일까? 사형선고를 받은 자는 자기의 방을 떠나서는 안 되는 것 아닌가?

이제 내일 아침까지 그 모든 것을 서둘러 해명해야만 한다. 내가 쓴 글을 다시 읽고 고칠 시간도 없을 것이다. 내일 공작과 두세 명 그 집에 함께 있는 사람들 앞에서 겨우 다시 한번 읽어볼 수 있을 뿐이다. 이 글에는 단 한 마디 거짓도 들어 있지 않고 모든 것이 마지막 진실이기에, 이 글을 읽는 순간 나 스스로 어떤 느낌을 받게 될 것인지 벌써부터 호기심이 생긴다.

나는 지금 2주일의 생명밖에 남지 않은 몸으로 내 집을 떠나 맞은편에 바라보이는 메이예로프의 집 담장과 작별을 고해야 한다. 만일 2개월 전에 저 담장과 작별을 고해야 했다면 나는 무척 서운했을 것이다. 하지만 저 담장과 영원히 작별을 고해야 하는 이 순간 나는 아무런 느낌이 없다. 겨우 2주일 삶이 남아 있을 뿐인데 그 무언가를 후회한다거나 그 무슨 감정에 사로잡힐 필요가 어디 있겠는가라는 내 *신념*이 내 *본성*을 이겨냈고, 내 *감정*을 좌지우지할 수 있게 된 덕분이다. 하지만 그게 과연 사실일까? 내 본성이 완전히 정복당한 것일까? 지금 누군가가 내게 고문을 가한다면 나는 분명 비명을 지를 것이며 살아 있는 날이 보름밖에 남지 않은 마당에 그깟 고통 따위는 아무것도 아니라고 말하지는 않을 것이다.

아까 나는 공작이 '나의 불길한 꿈'에 대해 이야기하는 것을 보고 깜짝 놀랐다. 그가 어떻게 그 사실을 알아맞힌 것일까? 그는 내게 '파블롭스크에서는 내 흥분도, 내 꿈도 전과는 달리 한결 가벼워질 것이다'라고 분명하게 말했다. 어떻게 내가 꿈에 시달리고 있다는 것을 정확히 맞힌 것일까? 그는 의사인가, 아니면 그에게 무슨 비범한 능력이 있어 많은 것을 알아맞힐 수 있는 것일까(하지만 그가 백치라는 사실은 추호도 의심의 여지가 없다)?

사실 그가 찾아왔을 때 나는 꿈을 꾸었다. 하긴 요즘 들어 수도 없이 꿈을 꾸긴 했다. 나는 깜빡 잠이 들었다. 아마 그가 도착하기 한 시간쯤 전이었을 것이다. 나는 내 방이 아닌 어느 낯

선 방에 있었다. 그 방은 내 방보다 넓고 천장이 높았으며 가구
들도 훌륭했다.

그런데 그 방에서 나는 끔찍한 짐승을 보았다. 짐승이라기보
다는 괴물이라고 하는 게 옳았다. 전갈을 닮았지만 전갈은 아
니었다. 전갈보다 훨씬 흉측했고 무시무시했다. 나는 그 괴물을
자세히 들여다보았다. 그 괴물은 갈색 비늘이 덮여 있는, 몸길
이 20센티미터 정도의 파충류였다. 머리는 손가락 두 개 정도
굵기였으며 몸통은 가늘었고 머리 위쪽으로 삼지창처럼 생긴
다리 두 개가 뻗어 있었다. 이 괴물은 머리와 다리로 몸을 지탱
하며 방 안을 재빠르게 뛰어다녔다. 몸통과 다리는 마치 뱀처
럼 구불구불해서 여간 징그러운 게 아니었다.

방 안을 뛰어다니던 괴물은 어느 순간 내가 앉아 있는 의자
옆으로 사라졌다. 나는 겁에 질려 괴물을 찾았다. 그때 바로 등
뒤에서 무슨 그르렁 소리가 들렸다. 고개를 돌려보니 그 괴물
이 벽을 타고 기어올라 거의 내 머리 높이까지 와 있었다. 놈의
꼬리가 내 머리카락을 휘감기 시작하자 나는 벌떡 일어났다.
그러자 괴물은 어디론가 다시 사라졌다.

그때 내 방으로 어머니와 어머니가 아는 어떤 남자가 들어왔
다. 그들은 괴물을 찾기 시작했다. 그들은 나보다 침착했다. 숨

어 있던 곳에서 나온 괴물은 서서히 몸을 비틀더니 방을 비스듬히 가로질러 문 쪽으로 기어갔다. 어머니는 문을 열고 우리 집에서 기르던 개 노르마를 불렀다. 잠시 후 우람한 모습의 노르마가 나타났다. 불도그종인 그 개는 5년 전에 죽은 개였다. 자신을 향해 다가오는 괴물을 바라보며 놀란 듯 뒷걸음질을 치던 개는 괴물이 자신에게 달려들자 사납게 으르렁거리더니 괴물을 이빨로 물어뜯었다. 그리고 괴물을 집어삼키듯 입 안에 넣어버렸다. 개의 입 밖으로 나온 괴물의 꼬리와 다리가 버둥거렸다. 갑자기 노르마가 애처로운 비명을 질렀다. 괴물이 노르마의 혀를 문 것이었다. 개는 아픔에 못 이겨 입을 열었다. 나는 그때 반쯤 으깨진 파충류가 개의 입 안에서 몸부림치고 있는 것을 보았다. 허연 액체가 개의 입 안에 흐르고 있었다.

그때 나는 잠에서 깨어났다. 공작이 그 순간 내 방으로 들어선 것이다.

이폴리트가 갑자기 읽기를 멈추었다. 부끄러운 표정이었다.

"여러분, 읽지 않겠어요. 정말 쓸데없는 이야기들을 늘어놓은 것 같아요. 도대체 그 꿈 이야기를 왜……."

모두들 그의 말에 동의하는 것 같은 모습을 보이자 오히려 이폴리트는 발끈했다. 특히 공작이 이제 그만 원고를 덮고 잠을 자라고 하자 이폴리트가 갑자기 생기를 되찾으며 말했다.

"어떻게 그럴 수가 있어요! 그건 내가 어쩔 줄 모르고 있었다는 걸 보여주는 예였어요. 계속 읽겠어요. 듣고 싶은 사람만 들으세요."

그의 얼굴에 부끄러운 표정은 이미 사라지고 없었다.

한 달 전부터, 그러니까, 내가 앞으로 살아갈 날이 몇 주 정도밖에 남지 않았음을 알게 되었을 때 나는 그 몇 주의 삶이란 살 만한 가치가 없다는 생각이 들기 시작했다. 하지만 그 생각에 완전히 사로잡힌 것은 사흘 전 파블롭스크로부터 돌아온 바로 그날이었다. 더 정확히 말한다면 그날 공작의 테라스에서였다. 나는 그날 내 생애 마지막 시도를 해보려고 했다. 나는 공작의 말대로 사람들과 나무들을 보고 싶어했고, 나와 가까운 부르도프스키를 위해 그의 권리를 주장했다. 나는 모든 사람이 눈을 휘둥그레 뜨고 내게 용서를 비는 모습을 그려보았다. 하지만 나는 결국 바보짓을 한 데 불과했다. 그리고 그 순간 내게 '마지막 확신'이 생겼다. 이제 나는 그 확신이 들 때까지 어떻게 6개월이나 걸릴 수 있었는지 의아할 뿐이다. 나는 내가 도저히 치유 불가능한 병에 걸렸음을 분명히 알고 있었고 아무런 헛된 희망도 품지 않았다. 하지만 내 처지를 분명하게 실감하면 할 수록 나는 더 삶에 집착했었다. 나는 어떤 값을 치르더라도 살고 싶었다. 나는 그때 아무런 필연적 이유도 없이 마치 나를 파리처럼 짓밟아버린 맹목적이고 냉혹한 운명에 대해 분노했음을 인정한다. 하지만 나는 왜 그 분노에서 그치지 못했던가! 다시 시작할 가치가 없는 삶을 살고 있다는 것을 알면서도 왜 다시 삶을 시작하려 했는가? 왜 나는 불가능하다는 것을 알고 있는 일을 시도하려 했는가? 나는 책 읽기마저 포기하지 않았던가? 6개월밖에 남지 않은 동안 그 무언가를 읽고 배운다는 것이 무슨 소용 있는가? 그 생각에 여러 번 손에 집어 들었던 책을 던져버리지 않았던가!

지금 생각해보니 나는 그때 사람들의 삶을 더욱 흥미를 가지고 살펴보았던 것 같다. 전에는 전혀 느끼지 못했던 흥미였다. 나는 수다쟁이들처럼 시시콜콜한 일을 파고들었고, 온갖 풍문에 관심을 기울였다.

예를 들어 나는 제 앞에 수없이 살아갈 날이 놓여 있는 사람들이 부자가 되는 법을 모른다는 것을 이해할 수 없었다. 어느 가난뱅이가 굶어 죽었다는 이야기를 듣고 나는 엄청 화가 났다. 만일 그 가난뱅이가 다시 살아난다 해도 나는 결코 그를 동정하지 않고 그에게 벌을 주었을 것이다.

어쩌다 거리에 나가면 우울한 얼굴로 하릴없이 쏘다니는 사람들을 이해할 수 없었다. 왜 이들은 이렇게 인상을 찌푸리고 있단 말인가! 앞으로 살아갈 날이 50년에서 60년이나 남은 사람들이 살아가는 법을 모르다니! 그 가난뱅이는 앞으로 몇십 년은 더 살 수 있는데 왜 스스로를 굶어 죽게 만들었는가! 그런 사람들은 자신의 남루한 옷과 거친 손을 가리키며 하나같이 외친다. '우리는 황소처럼 일한다! 우리는 고생한다! 우리는 배를 곯고 있고 우리는 가난하다!' 그들은 항상 그 말을 노래 부르듯 한다. 그러면서 자신이 불쌍하다고 흐느껴 운다. 나는 그따위 바보 같은 인간에게는 손톱만큼의 동정도 느끼지 못한다. 나는 그런 자에게는 당당하게 말할 수 있다. 왜 그는 로스차일드가 되지 못하는가? 그가 로스차일드가 되지 못하고 금화를 쌓아 올리지 못한 것은 도대체 누구의 잘못이란 말인가? 오로지 살아 있기만 한다면 그 모든 것이 가능할 텐데!

오, 하지만, 이제 그 모든 것은 아무 상관이 없다. 이제 화를 낼 필요도 없다.

내 '해명'을 우연히 수중에 넣게 되어 참을성 있게 그것을 읽는 사람은 나를 미치광이나 유치한 놈으로 치부할 것이다. 혹은 나를 처형될 날이 얼마 남지 않은 사형수로 간주할 수도 있을 것이다. 자신만 제하고는 모든 사람들이 삶을 너무 가볍게 보는 것 같고 삶을 게으르게 낭비하는 것 같으며 그 때문에 그들 모두를 살아갈 가치가 없는 사람들로 보는 그런 사형수. 하지만 내 글을 읽은 사람이 그렇게 느꼈다면 그것은 잘못이다. 내 신념은 나의 사형 언도와는 아무 관련이 없다. 그들 중 누구에게나 물어보아라. 행복이란 무엇인가? 콜럼버스가 행복을 느낀 때는 그가 아메리카를 발견한 이후가 아니다. 바로 그것을 발견했을 때다. 그가 행복의 절정에 달했던 때는 그의 실제 눈으로 신세계를 발견하기 사흘 전, 선원들이 절망해서 유럽으로 돌아가자고 했을 때였음이 분명하다. 신세계 자체가 그에게 도대체 무슨 의미가 있단 말인가? 그는 그가 죽을 때까지 그가 발견한 대륙을 거의 보지도 못했으며 그 대륙이 어떤 것인지도 전혀 몰랐다. 중요한 것은 삶이고, 그 외에 다른 것은 없다. 영원히 그리고 끊임없이 삶 자체를 발견하는 것, 그에 비견할 수 있는 일은 아무것도 없다.

아, 하지만 이런 말들은 또 무슨 소용이 있단 말인가? 아니다. 그래도 진지한 사람의 생각 속에는 다른 이들에게 전해줄 수 있는 그 무언가가 들어 있는 법이다. 우리는 어쩌면 남에게 전해주어야 할 중요한 생각을 전해주지도 않은 채 죽어버리는 지도 모른다. 그래, 내 이야기를 계속해야겠다.

제6장

나는 거짓말을 하고 싶지 않다. 지난 6개월 동안 나는 현실적인 삶이라는 올가미에 사로잡혀 있었다. 이따금 나는 현실적 활동에 정신이 팔려 내가 사형 언도를 받고 있다는 것을 잊기도 했다. 아니다. 보다 정확히 말한다면 그에 대해 생각조차 않으려 했다.

어쨌든 병세가 나빠진 8개월 전부터 나는 친구들과의 모든 교제를 끊었고 언제나 침울한 성격이었던 나를 친구들은 금세 잊었다. 그리고 5개월 전부터 나는 외부 세계와 완전히 격리되었다. 나는 가족들이 방을 치우거나 음식을 가져올 때를 제외하고는 아무도 내 방에 들어오지 못하게 했고 어머니는 늘 그렇듯이 내 말을 들어주었다.

나는 콜랴가 병자에게는 너그러워야 한다고 결심하고 내 신경질을 받아준다는 것을 알고 있었다. 나는 그 사실에 짜증이 났다. 아마 그는 공작의 '기독교도로서의 겸손'을 모방하고 있는 것 같았다. 하지만 그것은 우스꽝스러운 일이다. 그가 아직 어리고 열정도 있으니 다른 사람을 본받는 것은 당연하다. 하지만 그도 이제 하나의 독립된 인격체로 지내야 하는 게 아닌가 하는 생각이 가끔 들었다. 어쨌든 나는 콜랴를 무척 좋아한다는 것은 확실히 밝히고 싶다.

나는 내 방 위층에 살고 있는 수리코프도 괴롭혔다. 나는 그의 가난이 순전히 그의 잘못이라고 수도 없이 말해주었고 그 때문에 그는 내 방에 올 생각조차 하지 못했다. 그런데 지난 3월 그의 아기가 얼어 죽었다. 나는 죽은 아이를 보러 그의 방으로 가서 그 얼어 죽은 시체 앞에서 코웃음을 치며 그것도 그의 잘못이라고 말해주었다. 그러자 그 불행한 사람의 입술이 파르르 떨렸다. 그는 내 어깨를 잡고 문을 가리키며 조용히 말했다.

"나가주게."

당시에는 그의 그런 행동이 마음에 들었다. 하지만 나중에는 화가 났다. 내가 그를 그토록 모욕했건만 분통을 터뜨릴 줄도 모른단 말인가! 맹세컨대 그의 입술이 파르르 떨린 것은 분노 때문이 아니었다. 그가 내 어깨를 잡고 나가라고 말한 것도 화가 치밀었기 때문이 아니었다. 그때 그에게는 위엄이 있었다. 그것도 상당히 많이. 하지만 그 위엄은 그에게 어울리는 것이 아니었다. 심지어 우스꽝스럽기까지 했다. 어쩌면 그는 나를 경멸했는지도 모른다. 그날 이후 복도에서 그와 마주쳤을 때 그는 예전과 달리 내게 모자를 벗어 경의를 표했다. 그리고 전처럼 멈춰 서지 않고 황급히 나를 비켜 갔다. 어쨌든 그가 나를 경멸했다 하더라도 그는 자기 식으로 경멸했다. 그는 '겸손하게' 경멸했던 것이다. 나는 그의 해명을 듣고 싶었다. 하지만 내가 그렇게 하면 그는 채 10분도 되지 않아 내게 용서를 빌 것이다. 나는 그를 그냥 내버려두는 것이 낫겠다고 판단했다.

당시 이상하게 내 병이 2주 정도 호전되었다. 나는 외출을 했고 우연히 길에서 만난 사람을 도와준 일이 있다. 하지만 그 이야기를 길게 하지는 않으련다. 다만 그 일 때문에 나의 '마지막 확신'의 씨앗이 뿌려졌다는 이야기만 하련다. 나는 내게 찾아온 그 생각에 탐욕스럽게 집착했다. 하지만 최종적인 결단이 내려지기까지는 결정적인 하나의 사건을 겪어야만 했다. 미리 말하지만 그 결단은 논리적 결론에 의해 내려진 것이 아니라 이상한 상황에 의해 오게 된 것이었다.

열흘 전에 로고진이 나를 찾아왔다. 어떤 일에 대한 정보를 내게서 얻기 위해서였는데, 그 일이 무엇이었는지는 말할 필요가 없다. 나는 전에 그를 만난 적이 없었지만 그에 대한 이야기는 많이 듣고 있었다. 나는 그가 알고 싶어하는 것을 모두 알려주었고 그는 곧바로 돌아갔다. 그는 오로지 일을 위해 내게 온 것이었으니 우리의 관계는 더 이상 이어질 이유도 없었고 그럴 필요도 없었다. 하지만 나는 그에게 강한 호기심을 느꼈다. 그가 돌아간 후 나는 내내 그에 대한 생각에 잠겨 있었고, 다음 날 그를 찾아가리라는 결심을 하기에 이르렀다.

나를 맞은 로고진은 마땅치 않은 기색을 숨기지 않았다. 심지어 우리들의 관계가 더 이상 이어질 필요가 없다는 암시를 넌지시 흘리기도 했다. 하지만 그와 함께 있던 한 시간 내내 나는 조금도 지루하지 않았고 그도 마찬가지였으리라고 생각한다. 나와 로고진 사이에는 뚜렷하게 대조적인 면이 있었고 우리 둘 다 그것을 의식하고 있었다고 나는 확신한다. 어쨌든 나는 그것을 또렷이 느끼고 있었다. 나는 이미 죽을 날을 받아놓은 사람이었다. 하지만 그는 충만한 현실적인 삶을 살고 있는 사람이었다. 그는 '마지막 확신' 따위는 조금도 생각하지 않는 사람이었고, 남은 날이 얼마인지 헤아리지 않는 사람이었다. 그는 그가 미쳐 있는 일—이런 표현을 쓴 것을 그가 용서해주길 바란다—외에는 아무런 관심이 없는 사람이었다.

로고진은 나를 매우 냉담하게 대했지만 그는 내게 매우 똑똑하며 이해력이 많은 사람처럼 보였다(물론 자신과 직접적으로 관련 있는 일에 국한되기는 했지만). 나는 그에게 나의 '마지막 확신'에 대해서는 한마디도 하지 않았다. 하지만 왠지 그가 내 말을 들으면서 내 '확신'을 눈치챈 것만 같았다.

집으로 돌아온 후 나는 몹시 피곤했다. 이미 아침부터 몸이 좋지 않았던 나는 자리에 눕고 말았다. 콜랴가 밤늦게까지 내 곁에서 나를 간호해주었고, 나는 잠시 눈을 붙이는 동안 위층의 수리코프가 수백만 불의 금화를 손에 쥐게 되는 꿈을 꾸기도 했다. 꿈속에서 그는 그 돈을 도둑맞을까봐 벌벌 떨다가 땅에 묻을 결심을 했다. 그런 그에게 나는 그렇게 금화를 쓸데없이 땅에 묻어두느니 차라리 '얼어 죽은 아이'를 위해 그걸 녹여서 관을 짜주라고 조언했다. 그는 감사의 눈물을 흘리며 내 조소 어린 조언을 받아들였다.

내가 눈을 떴을 때까지 콜랴는 돌아가지 않고 있었다. 나는 걱정하는 그를 돌려보내고 문을 잠그려고 자리에서 일어나 문

제6장

앞까지 갔다. 그때 문득 로고진의 집 현관에 걸려 있던 그림이 생각났다. 나는 그 그림 앞에서 5분 정도 서 있었던 것 같다. 예술적인 면에서 조금도 뛰어난 점이 없는 그림이었다. 하지만 그 그림은 이상하게 내 마음을 흔들었다.

그 그림에는 방금 십자가에서 풀려난 그리스도가 그려져 있었다. 나는 십자가에 못 박힌 그리스도 그림이건, 거기서 풀려난 그리스도의 그림이건 그때의 그리스도의 얼굴은 어느 그림에서나 뛰어나게 아름답게 묘사되어 있다는 것을 잘 알고 있다. 화가들은 가장 고통에 처한 그리스도를 묘사할 때라도 그 아름다움을 그대로 간직하려고 애를 쓴다.

하지만 로고진의 집에서 본 그림은 전혀 달랐다. 내 눈앞에는 한 인간, 십자가에 못 박히기 전에 고통받았던, 십자가를 지고 가다가 혹은 넘어졌을 때 병사와 사람들의 채찍질에 시달렸던 그리고 최소한 여섯 시간 이상 십자가에 못 박혀 고통스러워했던 한 인간의 시체가 놓여 있을 뿐이었다. 실제로 그것은 방금 십자가에서 내려진, 말하자면 아직 생명과 체온을 간직한, 아직 뻣뻣해지기 전의 얼굴이었다. 그 얼굴은 가혹하다 싶을 정도로 사실적이었다. 그런 고통을 겪은 후에 죽은 자의 시체에서 볼 수 있는 자연스러운 모습이었다. 그 얼굴은 구타를 당해 무섭게 일그러져 있었고 피멍이 들어 퉁퉁 부어올라 있었으며 두 눈은 감기지 않은 채 동공은 하늘을 향하고 있었다.

그 그림에는 믿음의 기적보다 자연의 법칙이라는 가차 없는 진실이 드러나 있었다. 이 그림을 보면서 어찌 저 순교자가 부활하리라는 믿음이 생길 수 있겠는가? 죽음이 이토록 처참하고 가혹한 것이고 결정적인 것이라면 이를 어찌 극복할 수 있을 것인가? 그 그림에는 모든 것을 굴복시키는 어두우면서 오만한, 무의미하면서 영원한 그 어떤 힘이 들어 있는 것 같았다.

콜랴가 떠난 후에도 약 한 시간 동안 나는 곰곰이 생각에 잠겨 있었다. 이미 자정이 넘었지만 잠은 오지 않았다. 그런데 갑자기 방문이 열리더니 로고진이 들어오는 것이 아닌가!

그는 방으로 들어서더니 조용히 문을 닫고 구석에 놓인 의자로 가서 앉았다. 그는 아무 말이 없었다. 나는 짜증이 났다. 도대체 왜 말을 않는단 말인가? 그는 얼굴에 조소를 띤 채 나를 바라보고만 있었다. 나도 말없이 가만히 있었다. 왜 그런지 그가 먼저 입을 열게 하고 싶었지 내가 먼저 말을 하고 싶지는 않았다. 그때 갑자기 내게 한 가지 생각이 떠올랐다. 저것이 실제로 로고진이 아니라 유령이라면?

이제까지 나는 유령을 본 적이 없다. 그리고 유령이 존재한다고 믿은 적도 없다. 하지만 유령을 단 한 번이라도 보게 된다면 그 자리에서 즉사할 것이라고 생각할 정도로 무서워했다. 하지만 그때, 나를 찾아온 방문객이 로고진이 아니라 유령일지 모른다는 생각이 들었지만 나는 조금도 무섭지 않았다. 또 한 가지 이상한 것이 있었다. 그자가 유령인가 아니면 피와 살로 이루어진 실제 사람인가 하는 문제에 대해 내가 아무런 관심도 갖지 않았고 불안해하지도 않았다는 사실이다. 아마 나는 그때 다른 생각을 하고 있었던 것 같다. 예컨대 로고진이 아끼는 실내복에 구두를 신고 있었는데 지금은 왜 연미복에 하얀 조끼를 입고 넥타이를 맸을까, 나는 궁금해했다.

나는 또 한 가지 궁금해했다. 저게 진짜 유령이고 설사 그렇더라도 이렇게 두렵지 않다면 나는 왜 자리에서 일어나 그 사실을 직접 확인하려 하지 않는 것일까? 사실은 무서워서가 아닐까? 내게 그런 생각이 들자마자 무릎이 덜덜 떨렸고 등골이 오싹했다. 그 순간 내가 무서워하고 있다는 걸 눈치채기라도 한 듯 로고진이 머리를 괴고 있던 팔을 벌리더니 입을 벌렸다. 마치 비웃음이라도 흘리는 것 같았다. 나는 화가 나서 그에게 달려들려 했다. 하지만 내가 먼저 말을 하지 않겠다고 작심한 것이 생각나 그대로 침대에 누워 있었다.

그렇게 얼마나 시간이 흘렀는지 모른다. 로고진이 조용히 자리에서 일어나더니 나를 찬찬히 바라보았다. 그의 얼굴에서 조소는 사라지고 없었다. 그는 발뒤꿈치를 든 채 소리 없이 문 앞으로 다가가더니 문을 열고 나가버렸다. 나는 침대에서 일어나지 않았다. 그런 후 내가 뜬 눈으로 얼마나 누워 있었는지, 얼마나 길게 잠이 들었는지 모르겠다. 나는 다음 날 9시가 되어서야 문을 두드리는 소리에 잠에서 깨어났다. 그 시각이 되도록 내가 차를 달라고 하지 않자 식모아이가 문을 두드린 것이었다. 그녀에게 문을 열어주면서 나는 생각했다. 문이 이렇게 잠겨 있었는데 로고진은 어떻게 들어온 것일까? 식구들에게 물어보니 문은 밤새 잠긴 채 아무에게도 열어주지 않았음을 확인할 수 있었다.

내가 이렇게 자세히 묘사한 사건이 내가 '결심'을 하게 한 결정적인 원인이 되었다. 나는 논리나 추론에 의해 결심을 한 것이 아니라 혐오감에서 결심을 하게 된 것이다. 그 유령은 나를 비웃었다. 나는 징그러운 벌레의 모습을 하고 있는 맹목적 힘에 굴복할 수 없다. 해가 질 무렵, 내 결심이 확고해졌음을 느낄 수 있게 되어서야 나는 비로소 진정이 되었다.

제6장

나는 작은 권총을 한 자루 갖고 있다. 내가 어릴 때부터 갖고 있던 것이다. 한 달 전에 나는 권총을 살펴보고 쏠 준비를 해두었다. 하도 낡아서 10보 밖에 있는 것도 맞추기 힘든 권총이었지만 관자놀이에 대고 쏘면 두개골은 쉽게 날릴 수 있다.

나는 파블롭스크에서 동틀 무렵 죽기로 결심했다. 별장에 있는 사람들에게 소란을 피우지 않기 위해 공원으로 가서 결행하기로 했다.

나는 법적으로 아무런 문제도 일으키지 않으리라고 확신한다. 더욱이 나의 이 해명이 모든 것을 명백히 밝혀줄 수 있을 것이다. 하지만 그래도 또 밝혀둘 것이 있다.

도대체 당신들은 무슨 권리로 2~3주밖에 남지 않은 내 목숨에 대해 왈가왈부하는 것인가? 그게 도대체 당신들 누구와 상관있단 말인가? 도덕 문제로? 아니, 이미 목숨을 내놓은 마당에 도덕성을 위해서 나의 최후의 순간까지 바쳐야 한다는 말인가? 죽음도 행복이라는 공작의 기독교적 위로를 듣기 위해서? 도대체 그 우스꽝스러운 '파블롭스크의 나무들'로 뭘 어쩌지는 것인가? 내 삶의 마지막 순간을 감미롭게 만들기 위해서? 그들은 삶과 사랑에 대한 나의 마지막 환상들로부터 나를 차단시키려 애쓴다. 하지만 내가 그것들을 잊으면 잊을수록, 멀어지면

멀어질수록, 더 거기에 집착하게 된다는 것을, 그래서 나를 더 불행하게 만든다는 것을 그들은 모른단 말인가?

아, 나는 알고 있다. 공작을 위시해 모든 사람이 도덕성의 승리를 노래한 고전적 시구를 내가 낭송해주기를 바라고 있다는 것을! 그러나 사람들이여, 믿어라! 그런 도덕적인 시구들 속에는 언제나 울분이 숨겨져 있다는 것을! 시인조차 그 울분을 감동으로 착각하며 죽어갔다는 것을! 또한 알아라! 인간이 허무 앞에서 느끼는 수치심에도 한계가 있음을! 그 한계를 넘어서는 순간 그의 나약함과 무력감 속에서 무한한 환희를 느끼게 됨을! ……그렇다, 그런 의미에서 겸손이 막강한 힘을 지녔음을 나는 인정한다. 하지만 종교에서 말하는 겸손은 그런 뜻이 아니다.

종교! 나는 영원한 삶을 인정하며 아마 늘 인정해왔는지도 모른다. 지고지상의 힘에 의해 의식을 밝혀라! 그리고 그 의식으로 세상을 보고 나는 존재한다고 말하라. 그리고 순간, 지고지상의 힘이 그 의식에게 꺼지도록 명령하게 하라! 그래야 지고지상의 힘의 존재가 증명되리니!

왜 그래야 하느냐는 설명의 필요 없이 나는 그 지고지상의 힘과 그 명령이 존재한다는 것을 인정한다. 그래도 질문이 남는다. 왜 나는 거기에 굴종하고 감사해야 하는가? 나를 잡아 삼키는 그 무서운 존재를 축복하라는 강요 없이 그냥 나를 잡 아먹으면 안 되는 것인가? 내가 보름 정도 더 기다리지 않겠다 고 해서 저 높은 곳의 누군가가 모욕을 느낄 것인가?

나는 그렇게 생각하지 않는다. 그보다는 이렇게 말하는 것이 훨씬 더 정확할 것이다. 우주적 하모니를 이루기 위해 보잘것 없는 내 존재가 필요하다면 마찬가지로 이 우주의 존속을 위해 매 순간 수백만의 죽음이 필요하리라! 그렇다! 그 누군가가 다 른 누군가를 잡아먹지 않고서 이 세상이 존속하는 것은 불가능 하다…….

아니다. 종교에 대해서는 더 이상 왈가왈부하지 말자. 다만 불가사의한 그 힘을 내가 이해하지 못한다는 것은 내 책임이 아니다. 제발 그것으로 나를 심판하지 마라.

이제 이야기도 할 만큼 다 했다. 나에게는 죽을 날짜가 정해 져 있지만 그와 함께 지금 죽을 권리도 있다. 물론 내가 3주일 을 비텨낼 힘이 없어서 죽는 것은 절대로 아니다. 나는 3주일로 내 삶을 제한한 자연의 의지에 반해서 나의 의지를 실행하고자 죽는 것이다. 나의 의지대로 시작되지 않은 삶을 나의 의지로 끝마칠 수 있는 권리를 행사하고자 죽는 것이다. 그 권리를 행사할 수 있는 유일한 방법은 자살밖에 없다. 아마 내게 남은 마지막 가능한 행동을 이용하려는 것일지도 모른다. 반항은 이따금 하찮은 일이 아닐 수 있으니······.

제7장

　'해명'은 끝났다. 이폴리트는 읽기를 멈추었다. 이폴리트는 극도로 흥분해 있었다. 그는 너무나 흥분해 있어서 그 무엇도 겁나지 않고, 무슨 일이 일어나도 상관없다는 심리 상태에 있었다. 그는 자신조차 납득할 수 없는 자신의 행동을 단번에 끝장내기 위해 높은 종탑에서 뛰어내리려는 사람과 비슷한 상태였다.

　병에 시달릴 대로 시달린 열여덟 살의 이 청년은 겉보기에는 나뭇가지에 겨우 매달려 있는 나뭇잎처럼 연약해 보였다. 하지만 읽기를 마치고 청중을 둘러보는 그의 시선과 그의 웃음에는 극도의 경멸감과 혐오의 기색이 단번에 떠올랐다. 그는 그들 앞에서 도전적인 자세를 취했다. 하지만 청중은 화가 잔뜩 나 있었다. 그들은 분연히 자리에서 일어났다. 그 낭송이 그들에게 전해준 불쾌한 느낌 속에는, 피로와 그들이 마신 술과 낭송을 듣는 동안의 긴장감이 함께 뒤섞여 있었다.

순간 이폴리트는 마치 그 무엇에라도 찔린 듯 벌떡 자리에서 일어났다.

"해가 떴다." 그는 햇빛을 받아 반짝이는 나무 꼭대기를 바라보더니 마치 무슨 장엄한 광경이라도 되는 듯 공작에게 손가락으로 그곳을 가리켰다. "아, 해가 떴어요!"

"그럼 해가 안 뜰 거라고 생각했나?" 페르디쉬첸코가 비웃듯 말했다.

"오늘도 지독하게 덥겠군. 매제, 이제 그만 가볼까?" 가냐가 모자를 집어 들더니 기지개를 켜고 하품을 하면서 프티진에게 심드렁하게 말했다.

이폴리트는 그들이 하는 말을 듣고 아연할 수밖에 없었다. 갑자기 그의 얼굴이 창백해지더니 그는 몸을 부들부들 떨었다.

"나를 모욕하려고 일부러 그런 식으로 말하는군요! 당신들은 악당이에요!"

"제길, 뭐하는 짓이야! 마치 단추라도 풀고 대들 기세로군! 힘도 없는 주제에!" 페드리쉬첸코가 외쳤다.

제7장

"그냥 바보라고 생각하면 돼." 가냐가 선언하듯 말했다.

"좋아요! 다들 나를 미워하는군요. 이런 헛소리로 여러분들을 괴롭혀서 미안하군요. 하지만 사실 여러분들은 조금도 괴로워하거나 마음이 아프지 않았어요!"

그때였다. 갑자기 베라가 이폴리트에게 다가가 그의 두 팔을 잡으며 외쳤다.

"아니, 이 사람이 자살을 하려 하는데 뭣들 하는 거예요! 해가 떠오르면 자살하겠다고 제 입으로 말했잖아요!"

"자살은 무슨 자살…… 절대로 안 할걸." 여러 사람이 중얼거리는 가운데 가냐의 또렷한 목소리가 들렸다.

"여러분들 조심하는 게 좋을 거예요!" 역시 이폴리트의 팔을 붙잡고 있던 콜랴가 외쳤다. "이 사람을 보란 말이에요! 공작, 당신은 대체 뭘 하고 있는 거예요!"

베라와 콜랴, 켈레르, 부르도프스키가 이폴리트 주변에 모여 있었다.

"저게 바로 저자가 원했던 거야. 사람들이 자기 팔을 잡아주길 원했던 거지. 자, 공작, 신경 쓸 거 없네. 난 가보겠네. 오래 앉아 있었더니 뼈마디가 쑤셔서……." 로고진이 모자를 집으며 말했다.

그러자 갑자기 레베데프가 나서며 말했다.

"아니, 이 친구는 자살할 겁니다. 농담한 게 아니에요. 이렇게 말을 뱉어놓은 이상 명예를 지키기 위해서라도 자살할 겁니다. 여러분들 중 절반 이상은 저와 같은 생각일 겁니다. 공원에서 자살할 거라고 했지만 이 집에서 세 발자국도 안 나가서 자살할 겁니다. 자, 공작님, 당신이 이 집 주인이니 어떻게 매듭을 지어주셔야지요."

"내가 어떻게 하면 좋지요, 레베데프?" 공작이 머뭇거리듯 말했다.

"아, 그것도 모르세요? 권총과 탄약을 당장 내놓게 해야지요. 만일 내놓지 않는다면 저 친구를 꽉 붙잡아두고 경찰에 신고해야지요."

사람들이 웅성거렸다. 가냐는 도대체 누가 자살한다고 그런 소동이냐고 펄펄 뛰며 우겼다. 그러자 이폴리트가 공작을 향해 말했다.

"공작, 당신은 사람들이 이렇게 화를 낼 거라는 걸 내가 미리 짐작 못 했으리라 생각하나요?" 이어서 그는 모든 사람을 향해 외쳤다. "됐어요! 다 내 잘못이에요. 자, 레베데프! 여기 열쇠가 있어요. 이걸 가지고 콜랴와 함께 가세요. 공작의 서재 책상 밑

제7장

79

에 내 트렁크가 있으니…… 콜랴가 어디 있는지 정확히 알려줄 거예요. 그 트렁크를 열고 권총을 꺼내서 가지고 계세요. 그리고 내일 내가 페테르부르크로 떠날 때 돌려주세요."

그는 지갑을 열어 열쇠가 서너 개 달려 있는 열쇠뭉치를 꺼내어 레베데프에게 주었다. 레베데프는 뭔가 한마디 하려는 콜랴의 팔을 잡아끌며 테라스에서 나갔다.

레베데프가 나가자 이폴리트는 술잔을 들고 테라스 층계 쪽으로 갔다. 그러나 그가 오른손을 내내 주머니에 넣고 있었던 것을 아무도 주목하지 않았다. 다만 켈레르만이 수상한 생각이 들어 재빨리 그의 뒤를 쫓았다. 하지만 이미 때는 늦었다. 그가 이폴리트의 곁으로 갔을 때 이폴리트의 손에서 무언가가 번쩍였고, 조그만 권총의 총구는 이미 그의 정수리에 닿아 있었다. 켈레르가 황급히 그의 손을 잡으려는 순간 이폴리트는 재빨리 방아쇠를 당겼다.

하지만 총은 발사되지 않았다. 켈레르가 그를 끌어안으려는 순간 그는 켈레르의 품 안으로 쓰러졌다. 그는 자신이 이미 죽었다고 생각한 것 같았다.

그 뒤에 벌어진 광경은 여러분들에게 소개하기가 민망할 정도였다. 깜짝 놀랐던 사람들은 잠시 후 모두 깔깔거리며 웃기 시작했다. 켈레르가 이폴리트의 조끼 주머니를 뒤져보니 뇌관이 나왔다. 이폴리트는 혹시 주머니 안에서 권총이 발사될까 염려되어 뇌관을 장착하지 않은 채 주머니에 넣어두었다가 깜빡 잊은 것이었다. 이폴리트는 깔깔거리는 사람들에게 자신이 깜빡했다고 말하며 켈레르에게 권총을 다시 돌려달라고 애원했다. 그러더니 이폴리트는 그 자리에서 정신을 잃고 쓰러졌다. 사람들은 그를 공작의 서재로 옮겼다. 레베데프는 의사를 부르러 보냈고 자신은 딸들과, 이볼긴 장군과 함께 환자의 침대 곁에 남았다.

여전히 테라스에 있던 켈레르가 사람들을 향해 큰 소리로 말했다.

"여러분들 중 누구든, 이 청년이 일부러 뇌관을 넣지 않았고, 한바탕 연극을 벌인 것이라고 말한다면, 내 기꺼이 한 판 겨루어보겠소!"

하지만 모두들 그의 말을 무시하고 코웃음을 치며 그곳을 떠났다. 공작은 예브게니가 자신에게 아무 말도 없이 나가려 하자 놀라서 그에게 말했다.

"다른 사람들이 가고 나면 나와 단둘이 이야기를 나누고 싶다고 하지 않았나요?"

"그랬지요." 예브게니는 의자에 앉더니 공작을 옆에 앉혔다. "하지만 생각이 바뀌었어요. 솔직히 말해 좀 혼란스러워요. 지금 머릿속이 엉망진창이에요. 당신도 마찬가지겠지요. 지금 당신과 이런 상태에서 이야기를 나누기에는 너무 중요한 문제예요. 그러니 나중에 이야기하기로 합시다."

그는 웃으며 밖으로 나갔다.

한 시간 정도 시간이 흘렀다. 이미 새벽 4시가 가까워지고 있었다. 공작은 공원으로 내려갔다. 집에서 잠을 청했지만 잠을 이룰 수 없던 때문이었다. 이폴리트는 잠이 들었고, 그를 진찰한 의사는 특별한 위험은 없다고 진단한 후 떠났다.

공원으로 간 공작은 아글라야가 약속 장소로 지정해준 초록색 벤치로 갔다. 그는 왠지 자신이 홀로 이 세상에서 낙오자가 된 것 같았다. 이 세상 모든 것, 심지어 풀 한 포기, 파리 한 마리에게도 각자 자신의 길이 있건만 자신만 아무것도 모르고 아무것도 이해하지 못하고 있는 것 같았다. 하지만 그린 심정을 표현할 말을 그는 찾을 수 없었다.

일종의 우울증과 강박에 사로잡혀 있던 공작은 벤치에서 깜빡 잠이 들었다. 주변에는 적막이 감돌고 있었다. 나뭇잎이 사각거리는 소리만 가끔 들려올 뿐 주변은 외부와 완전히 차단된 채 점점 더 고요함이 깊이를 더해가고 있는 것 같았다.

잠에 빠진 그는 여러 가지 꿈을 꾸었다. 모두 그의 몸을 떨게 만드는 불길한 꿈들이었다. 마지막으로 그는 한 여인이 그를 향해 다가오는 꿈을 꾸었다. 그는 그녀를 알고 있었다. 오오, 너무나 잘 알고 있었던 것이다! 지금 이 순간도 그는 그녀의 이름을 말할 수 있었다. 그런데 이상하게도 그 여인은 그가 이제까지 알고 있던 얼굴과는 딴판인 것 같았다. 그 둘이 같은 여인이라고 도저히 인정하기 어려울 정도였다. 그 여인의 얼굴에 떠오른 공포와 회한의 빛을 보면 그녀가 방금 무서운 죄를 저지른 범죄자처럼 여겨질 정도였다. 눈물방울이 그녀의 창백한 뺨 위에서 반짝이고 있었다.

그녀는 미쉬킨 공작에게 가까이 오라고 손짓을 했다. 마치 소리 내지 말고 다가오라는 듯 입술에 손가락을 대고 있었다. 공작의 심장이 멎을 것만 같았다. 그는 결코 그 여인에게서 죄인의 모습을 보고 싶지 않았다. 하지만 그의 삶 전체에 영향을 미칠 무언가 무시무시한 사건이 곧 벌어질 것만 같은 예감이 들었다. 그녀는 그곳에서 멀리 떨어지지 않은 곳의 그 무언가를 손가락으로 그에게 보여주려는 것 같았다.

제7장

83

그는 그녀 곁으로 가려고 자리에서 일어났다. 그때 갑자기 옆에서 누군가의 밝고 맑은 웃음소리가 들렸다. 그리고 누군가의 손이 갑자기 그의 손에 닿았다. 그는 그 손을 꽉 움켜쥐었고 순간 잠에서 깨어났다. 그의 눈앞에서 아글라야가 깔깔거리며 서 있었다.

제8장

그녀는 웃고 있었지만 동시에 뭔가 화가 나 있는 것 같은 묘한 표정이었다.

"잠을 자고 있다니! 당신 잠을 자고 있었어요?" 그녀는 놀란 표정으로 조롱하듯 말했다.

"아, 당신이오?" 아직 잠에서 덜 깬 공작이 그녀를 알아보고 놀라서 중얼거렸다. "아, 그래…… 약속이 있었지…… 내가 여기서 잠이 들다니…….."

"내가 다 보고 있었어요."

"당신이 나를 깨운 거요? 당신 혼자요? 누군가 있었던 것 같았는데…… 당신 말고…… 또 다른 여자가…….."

"다른 여자라니요? 다른 여자가 있었어요?"

그제야 공작은 정신이 든 듯 말했다.

"아, 꿈이었군…… 이런 순간에 그런 꿈을 꾸다니…… 정말 이상하군…… 자, 앉아요."

그는 아글라야의 손을 잡아 벤치에 앉혔다. 하지만 그는 가만히 그녀를 쳐다볼 뿐 아무 말이 없었다. 그녀의 얼굴이 붉어지기 시작했다. 그때 그가 갑자기 생각난 듯 말했다.

"아, 이폴리트가 권총으로 자기를 쐈어요."

"언제요? 당신 집에서요?" 그녀는 황급히 물었지만 그다지 놀란 것 같지는 않았다. "어제저녁까지만 해도 살아 있었는데…… 아니, 그런데도 당신은 이렇게 잠이 올 수 있었어요?"

그녀의 목소리에는 이상하게 생기가 넘치고 있었다.

"하지만 그는 죽지 않았어요. 불발이었어요." 그가 대답했다.

아글라야가 조르는 바람에 공작은 어젯밤에 있었던 일을 이야기해줄 수밖에 없었다. 그의 이야기가 끝나자 그녀가 말했다.

"딱 한 가지 확실한 건 당신이 이폴리트에게 공정하지 못했다는 것뿐이에요. 하지만 됐어요. 이제 그 이야기는 그만해요. 시간이 없어요. 한 시간도 안 남았어요. 8시까지는 무슨 일이 있어도 집에 가야 하니까요. 어쨌든 나라면 이런 순간에 잠을 잘 수는 없었을 거예요. 당신은 정말 잠을 잘 자네요."

"사실, 난 어젯밤 한숨도 자지 못했어요. 여기저기 돌아다녔고, 음악회도 갔었고……."

"됐어요, 그런 이야기는 그만해요. 그런데 당신, 꿈속에서 여자를 보았다고 했지요? 누구예요?"

"그게…… 그게…… 당신도 아는 여자……."

"알았어요, 잘 알았다고요. 그래, 당신이…… 그녀를…… 그래, 꿈속에서 그 여자가 어떤 모습이던가요? 아니야, 알고 싶지 않아요."

그녀는 갑자기 화를 내더니 마치 숨이라도 고르려는 듯, 혹은 화를 가라앉히려는 듯 잠시 가만히 있었다. 이윽고 그녀가 입을 열었다.

"내가 당신을 보고자 한 건, 내 친구가 되자고 말하기 위해서였어요. 아니, 왜 그렇게 나를 바라보는 거예요?"

정말로 공작은 아무 말 없이 그녀를 뚫어지게 바라보고 있었다. 그녀의 얼굴이 붉어졌다. 마치 자기 자신에 대해 화를 내고 있는 것 같았다.

"내 제안을 받아들이기 싫은가보죠?" 그녀는 오만한 눈초리로 공작을 쏘아보며 말했다.

"아니, 그게 아니라…… 나야 정말 그러고 싶지만…… 굳이 그런 제안을 할 필요가 있는지…… 그런 제안이 필요하다는 생각은 안 해봐서……." 공작이 당황한 어조로 말했다.

"그럼 대체 무슨 생각을 한 거예요. 내가 당신을 왜 이리 불러냈다고 생각한 거예요? 도대체 당신 머릿속엔 뭐가 들어 있는 거지요? 당신도 우리 집 식구들처럼 나를 바보로 생각하는 건가요?"

"당신 집 식구들이 당신을 바보로 여기는 줄은 몰랐어요…… 그리고 나는 그 생각에 동의 안 해요."

"그렇게 보지 않는다고요? 이번에는 아주 현명한 말을 분명하게 하는군요." 말투는 여전히 빈정거리는 투였지만 그녀는 약간 기분이 풀린 듯했다. 공작이 이야기를 계속했다.

"난 이따금 당신이 매우 현명하다고 생각해요. 조금 전에도 '딱 한 가지 확실한 건 당신이 이폴리트에게 공정하지 못했다는 것뿐이에요'라고 당신이 말했지요. 명심해두었다가 되새겨 보겠어요."

공작의 말을 듣고 그녀의 얼굴이 기쁨으로 빛났다. 그런 식의 표정 변화는 그녀에게서 순식간에 아주 솔직하게 드러나곤 했다. 공작도 흡족해서 그녀를 바라보며 환한 웃음을 지었다.

그녀가 다시 이야기를 시작했다.

"자, 들어보세요. 이 모든 이야기를 당신에게 해주기 위해 오랫동안 기다려왔어요. 당신이 그곳에서 내게 편지를 보낸 그때부터…… 혹은 그 이전부터인지도 몰라요. 어제 이미 그 절반쯤은 말해준 셈인지도 몰라요…… 나는 당신이 그 누구도 따라올 수 없을 만큼 아주 정직하고 올바른 사람이라고 생각하고 있어요. 사람들은 가끔 당신 정신이, 그래요, 당신 정신이 이상하다고들 하지만…… 그건 옳은 말이 아니에요. 설사 당신 정신이 정상이 아니라 할지라도(이런 말 하더라도 화를 내지 않으시겠지요. 아주 높은 차원에서 하는 말이니까요) 결정적인 중요한 지혜는 그 누구도 따를 수 없고, 그 누구도 꿈꿀 수조차 없어요. 세상에는 결정적으로 중요한 지혜와 하찮은 지혜가 있는 법이니까요. 안 그래요?"

"그럴지도 모르지요." 그 말을 하면서 공작의 심장이 심하게 두근거렸다.

"당신이 이해하실 줄 알았어요. 언니들도, S 공작도 예브게니도 그 두 가지 각기 다른 지혜가 있을 수 있다는 것을 이해하지 못해요. 엄마는 빼놓고요."

"당신은 당신 어머니와 너무 닮았어요."

"그렇게 말해주니 너무 기뻐요. 당신, 우리 엄마를 존중하지요?" 그녀는 자기 질문이 얼마나 순진한지도 알아채지 못한 채 물었다.

"물론이지요."

"사람들이 가끔 엄마를 비웃는다는 걸 난 잘 알아요. 어쨌든 중요한 걸 말해줄게요. 나는 오랫동안 곰곰이 생각했어요. 그리고 결국 당신을 택한 거예요. 나는 집안에서 웃음거리가 되고 싶지 않아요. 나를 바보로 여기는 것도 싫어요. 나를 약 올리는 것도 싫고요…… 난 갑자기 그 모든 걸 깨닫고 예브게니를 거부한 거예요. 식구들 생각에 따라 결혼하기 싫어서요. 나는…… 나는…… 그래요! 나는 집에서 도망가고 싶고…… 그래서…… 날 도와달라고 당신을 선택한 거예요."

"아니, 집에서 도망가고 싶다고요?" 공작이 외쳤다.

"그래요! 집에서 도망가고 싶어요! 당신과 함께! 다른 식구들 앞에서와는 달리 모든 것을 말할 수 있는 사람과 함께 있고 싶어요. 당신도 내게 아무것도 숨기면 안 돼요. 나는 마치 나 자신에게처럼 모든 것을 말해줄 수 있는 사람을 원한 거예요. 가족들은 내가 당신을 기다리고 있다고, 내가 당신에게 반해 있다고 갑자기 말하기 시작했어요. 당신이 오기 전부터 그랬어요. 나는 그들에게 당신 편지를 보여주지 않았어요. 그런데 모두들 그 편지 이야기를 해요. 그리고 나를 결혼시키지 못해 안달들이에요. 사실 나는 오래전부터 가출을 생각했어요. 나는 아이들을 가르치고 싶어요. 당신도 나와 함께 아이들을 교육하는 일을 하면 어때요? 난 그냥 장군의 딸로 남아 있고 싶지 않아요."

"그건 바보 같은 짓이에요, 아글라야 이바노브나!"

"난 정말 집에서 도망가고 싶어요! 당신이 동의하지 않으면 난 가냐와 결혼하겠어요. 집에서 나를 못된 년으로 보고 터무니없이 욕하는 게 싫어요!" 그녀의 두 눈에서 불꽃이 튀었다.

"지금 제정신인가요? 도대체 식구들이 당신을 헐뜯는다는 소리를 왜! 도대체 누가 당신을 욕한다는 거지요?"

"다들 그래요. 아버지, 어머니, 누이들, S 공작…… 그 건방진 콜랴까지…… 아무도 대놓고는 말하지 않지만, 난 다 알고 있어요."

공작은 어이없다는 표정으로 그녀를 바라보다가 얼굴에 미소를 지었다. 자기와 마주하고 있는 이 처녀가 가냐의 편지를 보여주던 그 도도한 여자라는 사실이 도저히 믿기지 않았다. 이 아름다운 얼굴 뒤에 사람들의 단순한 말조차 이해하지 못하는 어린애 같은 순진함이 숨어 있다니!

그의 미소가 그녀의 심기를 건드렸다.

제8장

91

"아니, 뭘 그렇게 웃는 거예요. 난 조금도 부끄럽지 않아요. 그리고 결백해요. 내가 결백한 사람이란 걸 당신은 어떻게 알 수 있었던 거지요? 어떻게 그런 연애편지를 보낼 수 있었던 거지요?"

"연애편지라고요! 내 편지가 연애편지! 그 편지는 가장 경건한 편지예요. 내 생애 가장 고통스러운 순간 내 마음속으로부터 솟아난 겁니다! 나는 그때 마치 한 줄기 빛을 생각하듯 당신에 대해 생각한 겁니다…… 나는…… 나는……."

"아니, 됐어요!" 그녀가 갑자기 그의 말을 막았다. 그녀의 목소리는 조금 전과는 전혀 달랐다. 그 목소리에는 후회의 빛이 완연했으며 거의 두려움까지 드러나 있었다. 그녀는 그의 눈을 똑바로 쳐다보지도 못하고 몸을 기울여 그의 어깨에 손을 댔다. 마치 제발 화를 내지 말라고 애원하는 것 같았다.

"당신을 시험해보려고 한 말들이에요. 당신, 당신 인생에서 가장 힘든 순간에 그 편지를 썼다고요? 그때가 어떤 때인지 내가 다 알고 있는데……."

"오, 당신이 정말 모든 걸 다 알 수만 있다면!"

"난 다 알아요! 다 안단 말이에요." 그녀가 갑자기 소리쳤다. "그때 당신은 그 여자와 함께 도망쳐서 한 달간 함께 지내고 있었잖아요!"

그 말을 하면서 아글라야는 얼굴을 붉히지 않았다. 그녀의 얼굴은 오히려 창백해졌다. 그녀는 정신이 나간 사람처럼 자리에서 벌떡 일어났다가 다시 제정신을 차린 듯 자리에 앉았다. 그녀의 입술이 오랫동안 떨리고 있었다. 공작은 어쩌다 이런 일이 벌어졌는지, 어찌해야 할지 영문을 모르는 표정이었다.

"나는 당신을 조금도 사랑하지 않아요." 갑자기 그녀가 딱 잘라 말했다. 공작은 잠자코 듣기만 했다. 둘 사이에 잠시 어색한 침묵이 흘렀다.

마침내 그녀가 말했다.

"나는 가냐를 사랑해요."

워낙 빨리 말했기에 겨우 알아들을 수 있을 정도였다. 그녀는 고개를 더욱더 수그렸다.

"그건 사실이 아니에요." 공작이 역시 낮은 목소리로 말했다.

"내가 거짓말을 한다고요? 그저께 바로 이 벤치에서 가냐에게 맹세했는데……."

그러자 공작이 정색을 하고 말했다.

"그건 사실이 아니에요. 당신이 꾸며낸 이야기예요."

그러자 아글라야가 갑자기 웃음을 터뜨렸다.

제8장

"그래요, 거짓말이에요. 거짓말이 서툴러서 금세 들통이 나고 마네요. 그런데 왜 내가 그런 거짓말을 했는지 알아요?"

갑자기 그녀의 표정이 심각해졌다. 그녀는 미간을 찌푸리며 말했다.

"그때 내가 왜 「가난한 기사」이야기를 읽어줬는지 알아요? 내가 모든 걸 알고 있다는 사실을 당신에게 보여주기 위해서였어요."

그러자 공작도 심각한 표정으로 말했다.

"그건 옳지 않은 일이었어요. 내게도 그렇고, 그녀에게도 그렇고……."

"아니에요. 난 다 알아요. 반년 전에 당신이 사람들 앞에서 그녀에게 청혼한 것도 알고 있고…… 그 후에 그녀는 로고진과 함께 도망갔지요. 그다음에는 어느 시골에서 당신과 함께 살다가 다른 누군가에게 가버렸어요. 그러다가 다시 로고진에게로 돌아왔지요. 자기를 미친 듯 사랑하는 로고진에게로…… 당신은 그 여자를 쫓아 페테르부르크로 왔고, 어제저녁에는 그녀를 막무가내로 옹호하더니, 나와 만나기로 약속한 시간에 그 여자 꿈까지 꿨어요…… 자, 어디 내가 모르는 게 있나요? 당신이 이곳, 페테르부르크에 온 건 그녀 때문이지요?"

"네, 그녀 때문이에요." 공작은 고개를 숙인 채 서글픈 목소리로 조용히 대답했다. 그는 아글라야의 눈에 불꽃이 이는 것도 의식하지 못했다. "단지 알고 싶은 게 있어서…… 그녀가 로고진과 함께라면 행복하지 못하리라는 것을 알고 있기에…… 한마디로, 그녀를 위해 뭘 어떻게 해야 할지도 모르면서…… 그러면서 그냥 온 거예요."

아글라야가 아무 말이 없자 그는 흠칫 놀라 그녀를 바라보았다. 그녀의 눈이 증오로 이글거리고 있었다.

마침내 그녀가 입을 열었다.

"당신이 왜 이곳에 왔는지 그 이유를 모른다면…… 그건…… 당신이 그녀를 정말로 사랑한다는 증거예요."

"아니에요. 아니, 난 그녀를 사랑하지 않아요. 오! 그녀와 함께 지낸 동안 얼마나 끔찍한 추억들만 남겼는지 당신이 알 수만 있다면!"

그 말을 하면서 공작은 온몸을 떨었다.

"그럼 다 이야기해보세요."

"당신이 들을 만한 이야기는 없어요. 다만 그녀는 자신이 이 세상에서 가장 타락한 죄 많은 여인이라고 생각하고 있다는 것만…… 아아, 하지만 그녀를 욕되게 하지 말아요…… 그녀에

제8장

95

게 돌을 던지지 말아요…… 내가 그녀에게서 그 암흑을 몰아 내려고 얼마나 노력했는지…… 그녀가 얼마나 고통스러워했 는지…… 그녀가 왜 내게서 떠났는지 알아요? 내게 자신이 더 없이 천박한 여자라는 걸 증명하기 위해서였어요. 더 끔찍한 건, 그녀 자신이 내게 그것을 증명하기 위해 그런 행동을 한다 는 걸 모른다는 사실이었어요. 다만 스스로에게 '넌 또 수치스 러운 짓을 했어. 너에게는 또 낙인이 찍힌 거야'라고 자책할 뿐 이었어요. 그리고 그러면서 이상한 쾌감을 느꼈을 거예요. 무슨 복수심 같은 거…… 아, 아글라야 당신은 그런 걸 이해할 수 없 을 거예요. 그녀는 내가 빛을 찾아주려고 애쓸 때마다 분개했 어요. 내가 너무 높은 곳에 서 있다고…… 당신 어제 그녀를 보 았지요? 수많은 추종자들을 거느린 그녀를…… 당신 눈엔 그 녀가 행복해 보였나요? 그녀는 절대 그런 삶에서 행복을 느끼 는 여자가 아니에요."

"그래, 그런 이야기를 그녀에게 해주었나요?"

"아니, 난 그냥 가만히 있기만 했어요. 말을 하고 싶은 때도 있었지만 무슨 말을 해야 할지 알 수 없었어요. 당신도 알다 시피 침묵이 더 좋은 경우가 많잖아요. 아아, 나는 그녀를 사 랑했어요…… 아주 많이 사랑했지요…… 하지만 결국…… 결국…… 그녀는 다 알아챘어요."

"뭘 알아챘다는 거지요?"

"내가 단지 그녀를 동정하고 있을 뿐이라는 걸…… 내가 더 이상 그녀를 사랑하지 않는다는 걸…… 아아, 제발 그 일을 더 이상 생각하게 만들지 말아줘요."

공작은 두 손으로 얼굴을 가렸다.

그러자 아글라야가 말했다.

"당신, 그녀가 거의 매일 내게 편지를 썼다는 사실은 알고 있나요?"

"아, 그게 사실이었군요! 그렇다는 말을 들었지만 믿지는 않았는데……."

"누가 그런 말을 해주었어요?"

"어제 로고진이 말해주었던 것 같은데…… 하지만……."

"그래, 그 여자가 편지에 무슨 말을 썼는지 알 것 같아요?"

"어떤 말을 썼더라도 놀라지 않을 거예요. 그녀는 미쳤으니까요."

그러자 아글라야가 주머니에서 봉투에 든 편지를 세 통 꺼내더니 공작에게 던지며 말했다.

"여기 그녀가 보낸 편지들이 있어요. 그녀는 1주일 전부터 당신과 결혼하라고 애원하고 있어요. 그녀가 미쳤는지는 모르겠지만, 어쨌든 똑똑한 여자예요. 그녀는 당신이 행복해하는 모습을 보고 싶다며 오로지 나만이 당신을 행복하게 해줄 수 있다고 썼어요. 나는 이 편지를 아무에게도 보여주지 않았어요. 그리고 오로지 당신에게만 전해주려고 기다렸어요. 자, 이 편지들이 뭘 의미하는지 정말 모르겠어요?"

"그건 미친 짓이에요! 그녀가 미쳤다는 증거라고요!"

"당신, 정말 매정한 사람이군요. 그건 그녀가 오로지 당신만 생각하고 있다는 증거라는 걸 모르겠어요? 이 편지들이 오로지 질투 덩어리라는 걸 모르겠어요? 당신은…… 당신은…… 그녀가 정말 로고진과 결혼할 거라고 생각하나요? 그 여자는 우리가 결혼식을 올린다면 바로 그다음 날 자살할 거예요!"

공작은 몸을 부르르 떨었다. 온몸이 마비되는 것 같았다. 조금 전까지만 해도 어린애 같았던 아글라야가 성숙한 여인으로 되돌아와 있음을 인정하지 않을 수 없었다.

"자, 이제 나를 아글리야, 아글라야라고 다정하게 부르지 말아요. 당신은 그녀와 함께 떠나야 해요. 그리고 그녀의 가슴을 쓰다듬어주고 그녀를 달래주어야 해요. 당신은 그녀를 사랑하니까요!"

"아니, 그녀와 나의 관계는 모든 게 부자연스러워요. 게다가 나는 그녀가 나와 함께 있으면 반드시 파멸하리라는 것도 잘 알고 있어요. 그녀는 오만해서 내 사랑조차 인정하지 않으니까요. 당신은 그녀가 나를 사랑한다고 했지만 그게 과연 사랑일까요? 내가 그녀와 그런 일들을 겪은 후에도 사랑이라는 말을 입 밖에 꺼낼 수 있을까요? 아니, 그건 다른 거예요. 그건 사랑이 아니에요."

"어쨌든 당신은 그녀 때문에 이곳에 온 게 아닌가요?" 아글라야가 떨리는 목소리로 물었다.

"네, 그래요. 그녀 때문이에요."

그러자 갑자기 그녀가 자리를 박차고 일어나며 외쳤다.

"그래, 당신 말대로 그녀가…… 당신의 그 여자가…… 미친 거라면…… 이런 미친 편지들과 나는 아무 상관이 없지…… 자, 공작, 이 세 통의 편지를 당장 그녀 면전에 던져 줘요! 그리고 만일 단 한 줄의 편지라도 다시 보내온다면 아버지에게 말해서 형무소에 보내버리겠다고 말해줘요!"

공작은 아연해서 아글라야를 바라보았다. 갑자기 안개라도 덮인 듯 눈앞이 뿌옇게 흐려졌다.

"당신은, 당신은 그렇게 하지 못할 거예요…… 당신의 진심이 아니에요." 그가 중얼거렸다.

"진심이라고요! 진심이란 말이에요!"

"뭐가 진심이라는 거냐? 도대체 무슨 말이야!" 그들 곁에서 놀란 듯한 목소리가 들렸다. 리자베타였다.

"내가 가브릴라 아르달리오노비치와 결혼하겠다는 거요! 나는 그 사람을 사랑하고 있고 내일 그 사람과 도망갈 거예요! 자, 이제 속 시원해요?"

아글라야는 어머니에게 대들듯이 말한 후 집 쪽을 향해 달려 갔다. 리자베타도 그녀의 뒤를 따랐다.

제9장

공작은 저녁이 되어서야 그 편지들을 읽을 수 있었다. 편지에 손을 댈 때마다 몸이 오싹해져서 읽기를 미루었던 것이다. 편지를 개봉하기 전부터 공작은 편지가 존재한다는 사실 자체가 하나의 악몽처럼 여겨졌다. 편지 내용은 차치하고라도 그것이 존재한다는 것 자체가 불가능한 일이고 부자연스러운 일처럼 여겨졌다.

당신도 비슷한 꿈을 꾸어본 적이 있을 것이다. 당신은 꿈에서 깨어난 후 자신이 꿈을 꾸고 있는 동안에도 자신의 정신이 말짱했다는 사실에 놀란다. 예를 들어 살인자들이 미리 치밀한 계획을 세워 당신을 살해할 준비를 하고 있는 꿈을 꾸었다고 치자. 당신은 꿈속에서 그들의 계획을 모두 간파하고 교묘한

꾀로 그들을 속인다. 잠에서 깨어났을 때 당신은 이 모든 것을 또렷이 기억해낸다. 하지만 꿈은 그렇게 현실적이고 논리 정연한 것들로만 이루어져 있지 않다. 그 안에는 온갖 비현실적이고 황당무계한 내용들이 들어 있다. 살인자 중 한 명이 갑자기 여인으로 변하는가 하면 난쟁이로 변하기도 한다. 그런데 당신은 꿈속에서 그런 황당무계한 사실들을 조금도 이상하지 않게 받아들인다. 그러면서 동시에 당신은 정신을 바짝 차려 놀라운 힘과 논리력, 추리력을 발휘한다. 도대체 날카롭게 이성을 긴장시켜놓은 상태에서 어떻게 그런 비현실적이고 황당한 일을 당연하게 받아들일 수 있단 말인가?

그뿐 아니다. 꿈에서 깨어나면서 현실로 돌아왔을 때 당신은 그 꿈이 당신을 떠나면서 당신이 미처 풀지 못한 수수께끼를 그 꿈속에 실어갔다고 거의 매번, 그것도 아주 생생하게 느낀다. 당신은 별 황당한 꿈도 다 있다고 웃는다. 하지만 동시에 그 황당한 꿈속에 그 무언가 현실적인 사유(思惟)가, 당신의 현실적인 삶에 속한 그 무언가가 들어 있다고 느낀다. 그리고 당신은 꿈에서 당신이 기대하던 그 무언가 예언적인 것을 찾는다. 그 꿈은 즐거운 것이건 잔인한 것이건 당신에게 깊은 인상을 남긴다. 하지만 그 의미가 무엇인지, 그 꿈이 당신에게 무엇을 미리 말해주고 있는지 당신은 이해할 수도 없고 기억할 수도 없다.

공작이 편지들을 읽고 난 후의 느낌은 바로 위에서 말한 상황과 똑같았다. 그리고 편지들에 눈길을 주었을 때부터 이미 그것이 존재한다는 사실, 그것의 존재 가능성 자체가 이미 악몽처럼 느껴졌다. 도대체 어떻게 그녀가 아글라야에게 편지를 쓸 수 있었을까? 대체 어떻게 이런 이야기를 쓸 수 있었으며, 어떻게 이런 강렬한 꿈이 그녀 머리에 떠오를 수 있었을까?

그런데 그 꿈은 이미 현실이 되었다. 그런데 무엇보다 공작이 놀란 것은 자신이 그 편지를 읽으면서 이 꿈의 가능성, 더 나아가 그 존재 이유를 스스로 믿을 수 있게 되었다는 것이었다. 그렇다. 그것은 분명 꿈이고 악몽이고 광기였다. 하지만 그는 그 안에서 이 꿈, 악몽, 광기를 정당화시켜주는 잔인할 정도로 현실적인, 고통스러울 정도로 정확한 그 무언가를 볼 수 있었다. 그리고 마치 얼마 전에 그 내용을 모두 이미 한 번 읽은 적이 있다는 느낌마저 들었다. 그리고 지금까지 그를 괴롭히고 두렵게 만들었던 모든 것이 이전에 읽은 그 편지 속에 다 들어 있었다는 느낌이 들었다.

당신이 이 편지를 개봉했을 때(편지의 서두는 이렇게 시작되고 있었다), 우선 서명부터 보세요. 그 서명이 모든 것을 말해주고 설명해줄 거예요. 그러니 다른 식으로 변명을 하거나 해명을 하지는 않을 거예요. 내가 당신과 동등한 신분이라면 무슨 뻔뻔한 짓이냐며 당신이 내게 화를 낼 수도 있겠지요. 하지만 내가 누구이고 당신이 누구인가요? 우리는 서로 대척점에 서 있으며 그 거리가 너무 멀어 내가 당신 기분을 상하게 하려 해도 그럴 수 없을 거예요.

이어서 이런 글도 읽을 수 있었다.

내가 하는 말을 병든 정신에서 나온 병적인 찬양이라고 생각하지 말아요. 당신은 내게 완벽함 그 자체예요. 나는 당신을 보았고, 매일 보고 있어요. 내가 당신을 판단하고 있는 게 아니에요. 내가 당신을 완벽하다고 하는 것은 논리적인 추론의 결과가 아니에요. 그건 내게 신앙과도 같은 거예요.

하지만 나는 당신에게 잘못을 범하기도 했어요. 당신을 사랑하니까요. 완벽함을 사랑할 수는 없는 거잖아요. 오로지 인정만 할 수 있을 것 아니겠어요? 하지만 나는 당신에게 사로잡혔어요. 사랑은 사람들을 동등하게 해준다지만 걱정할 필요 없어요. 당신을 나와 같은 수준으로 끌어내릴 생각은 꿈에도 하지 않고 있으니까요. 나는 절대로 당신과 동등하지 않아요.

다른 편지에는 이런 말도 쓰여 있었다.

하지만 나는, 내가 당신을 그와 연결하고 있음을 스스로 잘 알고 있어요. 그래도 나는 당신에게 그를 사랑하느냐고 한 번도 묻지 않았지요. 그는 당신을 처음 보자마자 당신을 사랑하게 되었어요. 그는 당신을 마치 하나의 '빛'처럼 생각해요. 그가 직접 쓴 표현이고 그의 입에서 나온 말을 그대로 반복하는 거예요. 하지만 그의 그 말이 아니더라도 나는 당신이 그에게 '빛'이라는 걸 잘 알고 있어요. 나는 그 사람과 한 달을 같이 지내면서 당신도 그 사람을 사랑한다는 걸 알았어요. 내게 당신과 그 사람은 하나예요.

그녀의 또 다른 글.

왜 그랬지요? 어제 내가 당신 곁을 지났을 때 당신이 얼굴을 붉히는 것 같았으니까요. 나는 그럴 수 없다고 생각해요. 설사 당신을 추악한 매음굴로 데려가서 노골적인 모습을 보여주더라도 당신은 얼굴을 붉히면 안 돼요. 당신은 모욕감 따위는 초월해 있어요. 당신은 저열하고 야비한 자들을 증오할 수는 있어요. 하지만 당신을 위해서가 아니라 그들의 나쁜 짓에 피해를 입은 다른 사람들을 위해서일 뿐이에요.

당신은 나를 사랑해야 해요. 당신은 그에게 있어서나 내게 있어서나 마찬가지 존재예요. '빛나는 영혼'이지요. 천사는 증오해서는 안 되고 사랑하지 않으면 안 되는 존재잖아요.

우리가 모든 사람을, 모든 이웃을 사랑할 수 있을까요? 나는 가끔 스스로에게 그런 질문을 하곤 해요. 물론 그럴 수 없고 그건 자연스럽지도 않아요. 인류애라는 추상적 사랑은 언제나 이기심의 발로일 때가 대부분이에요.

하지만 우리들에게는 불가능한 일도 당신에겐 달라요.

그 누구와도 비교할 수 없는 당신, 그 어떤 모욕도 노여움도 닿을 수 없는 곳에 있는 당신이 어떻게 그 누구든 사랑하지 않을 수 있겠어요? 당신만이 이기심 없이 사랑할 수 있어요. 당신만이 자기 자신을 위해서가 아니라 당신이 사랑하는 사람을 위해서 사랑할 수 있어요. 오, 만일, 당신이 나 때문에 분노나 부끄러움을 느꼈음을 내가 알게 된다면 그 얼마나 가슴 아픈 일일 것인지! 그건 천사인 당신이 추락했음을 보여주는 거예요. 그건 당신을 나 같은 사람과 동렬에 놓는 거예요.

어제 당신을 만나고 돌아와서 그림이 하나 생각났어요. 그리스도 그림이지요. 화가들은 모두 복음서에 나와 있는 이야기를 근거로 그리스도의 그림을 그리지요. 하지만 나라면 다르게 그리겠어요. 나는 오로지 어린아이 한 명과만 있는 그리스도 그림을 그리겠어요. 아이의 머리에 손을 무심코 얹은 채 아이의 이야기를 들으며 무언가 생각에 잠겨 있는 그리스도의 그림을요. 그리스도는 멀리 지평선을 바라보고 있어요. 그의 시선 속에는 이 세상만큼 넓은 생각이 담겨 있지만 얼굴은 수심에 가득 차 있어요. 아이는 그리스도를 유심히 바라보고 있고 해는 뉘엿뉘엿 지고 있어요…… 그래요! 이게 바로 내 그림이에요! 당신은 결백하고 당신의 그 결백함 속에 당신의 완벽함 전체가 들어 있어요! 오, 다만 그것만 기억해줘요! 당신을 향한 내 열정이 당신에게 무슨 상관있겠어요! 이미 당신은 나의 것이고 나는 평생 당신 곁에 있을 것을…… 나는 곧 죽을 거예요.

마지막 세 번째 편지에는 이런 내용이 적혀 있었다.

제발, 나에 대해서는 아무것도 생각하지 말아요. 이런 편지를 당신에게 씀으로써 내가 겸손해하는 것이라고 생각하지 말아요. 나를, 이런 식의 겸손에서 쾌락을 찾고 자존심을 느끼는 존재라고 생각하지 말아요. 물론 나도 위안을 얻는 게 있어요. 하지만 그게 어떤 것인지 당신에게 설명하기는 어려워요. 그리고 스스로도 그게 어떤 건지 이해하기 어려워요. 하지만 나는 설사 자존심의 발로에서 나온 것이라 할지라도 겸손할 수 없어요. 더욱이 나 같은 사람은 순수한 마음에서 나온 겸손 같은 것을 지닐

능력이 없어요. 결국 나는 결코 겸손하거나 자신을 비하하고 있는 게 아니에요.

왜 나는 당신들을 맺어주려 하는 걸까요? 당신들을 위해서? 혹은 나를 위해서? 당연히 나를 위해서지요. 내 생애 모든 문제는 이런 식으로 답할 수 있어요. 나는 오랫동안 그 생각을 해왔노라고. 당신 언니인 아델라이다가 내 사진을 보고 이렇게 말했다는 걸 나는 알고 있어요. 이 정도로 아름다운 얼굴이라면 세상을 다 뒤집어놓을 수 있다고 말한 것을…… 하지만 나는 세상과 등졌어요. 레이스와 다이아몬드로 치장한 채 뭇 남자들에 둘러싸여 있는 내 모습을 본 당신에게 이런 이야기를 하다니, 아마 당신은 비웃겠지요?

하지만 그런 모습은 무시해버리세요. 나는 이미 존재하지 않아요. 그리고 나는 그걸 잘 알고 있어요. 그 대신 무엇이 내 안에 살고 있는지 신만이 아시겠지요. 끊임없이, 심지어 내 앞에 없을 때도 나를 주시하는 무서운 두 눈에서 나는 그것을 매일 읽고 있어요. 이제 그 눈은 침묵하고 있지만(언제나 침묵하고 있지요) 나는 그 두 눈의 비밀을 알고 있어요.

그의 집은 우중충하고 음산해요. 그 집에는 신비가 감추어져 있어요. 나는 그가 책상 서랍 안에 실크 천으로 감싸놓은 칼을 감추고 있다는 걸 알고 있어요. 하지만 그는 계속 침묵을 지키고 있어요. 하지만 나는 그가 나를 사랑하는 만큼 나를 증오하고 있다는 것을 잘 알고 있어요. 당신들의 결혼식과 우리들의 결혼식은 같은 날 거행될 거예요. 나는 그에게 아무 비밀이 없어요. 나는 그를 죽일지도 몰라요. 그가 너무 무서워서요…… 하지만 그 전에 그가 나를 죽일 거예요…… 조금 전에 그가 웃기 시작하더니 내가 꿈을 꾸고 있다고 말했어요. 그는 내가 당신에게 편지를 쓰고 있다는 걸 알아요.

세 번째 편지는 온통 비슷한 식의 잠꼬대 같은 글들로 채워져 있었다.

편지를 다 읽은 공작은 자신도 꿈을 꾸는 듯한 상태에서 공원으로 나섰다. 그리고 멍한 상태에서 걷다가 자신도 모르게 예판친 가족 별장 앞에 와 있음을 알았다. 그는 테라스 안으로 들어갔다. 하지만 아무도 없었다.

그때 갑자기 안으로 향하는 문이 열리더니 알렉산드라가 들어왔다. 그녀는 눈이 휘둥그레져서 그에게 물었다.

"어떻게, 이 시각에?"

"그냥…… 어쩌다보니…….'"

"지금 몇 시인 줄 아세요?"

"글쎄요……."

"12시 반이에요. 이 시간에는 언제나 잠자리에 들어요."

"아, 난 9시 반일 줄 알고."

"자, 안녕히 가세요. 내일 이 이야기를 해주면 다들 재밌게 웃겠네요."

예판친 장군 별장에서 나온 공작은 공원을 끼고 도는 길을 따라 자신의 별장을 향했다. 가슴이 쿵쿵 뛰고 있었으며 정신이 혼미했다. 그를 둘러싸고 있는 모든 것이 마치 꿈속 같았다. 그리고 갑자기 꿈속에서 두 번 나타났던 환영이 그의 앞에 나타났다. 그 여인이 공원으로 나와 공작 앞에 섰다. 마치 그를 기다리고 있던 것 같았다. 그는 떨면서 걸음을 멈추었다. 그녀가 그의 손을 잡더니 꼭 쥐었다. '그래, 이건 환영이 아니야.'

마침내 그녀가 그와 얼굴을 맞대고 서 있었다. 그들이 헤어지고 난 후 처음이었다. 그녀는 마치 미친 여자처럼 길 한복판에서 그의 앞에 무릎을 꿇었다. 그는 겁에 질린 듯 뒤로 물러났다. 그녀가 그의 손을 잡고 입을 맞추었다. 아까 꿈속에서 본 그대로 그녀의 속눈썹에서 눈물방울들이 반짝였다.

"일어나, 어서 일어나." 공작이 불안한 목소리로 말하며 그녀를 일으키려 애썼다.

"당신, 행복해? 행복해?" 그녀가 물었다. "자, 한 마디만 해줘. 당신 지금 행복하냐고? 오늘, 지금 말이야. 그녀의 집에 갔었지? 그녀가 뭐라고 해?"

그녀는 여전히 무릎을 꿇은 채 그의 대답을 기다리지 않았다. 그녀는 마치 누가 뒤를 쫓기라고 하듯 서둘러 빠르게 물어보았을 뿐이었다.

그녀가 다시 입을 열었다.

"난 당신 말대로 내일 떠날 거야. 더 이상 편지는 쓰지 않을 거야…… 당신을 이제 마지막으로 보는 거야. 마지막으로…… 이게 마지막이란 말이야."

그녀는 그 말을 마치자 그 자리에서 일어나더니 거의 달아나다시피 공작에게서 밀어져 갔다. 공작은 그녀 곁에 로고진이 서 있는 것을 보았다. 로고진은 그녀를 끌어안고 데려가면서 소리쳤다.

"잠깐 기다리게. 정확히 5분 후에 돌아올게!"

정말로 5분 후에 로고진이 돌아왔다.

"마차에 태워 보냈네. 그 아가씨에게는 더 이상 편지를 보내지 않을 걸세. 내일 여길 떠날 걸세. 마지막으로 자네를 보고 싶어한 거라네. 그녀가 여기 올 줄 나도 알고 있었지. 그녀가 내게 모든 편지를 다 보여줬으니까."

"그녀는 미쳤어!" 공작이 소리쳤다.

"알 게 뭐야? 아마 그렇지 않을지도 몰라." 로고진이 혼잣말을 하듯 나직이 말했다.

공작은 아무 말도 하지 않았다.

"그럼, 잘 있게. 난 내일 떠나야 해. 그런데 그녀에게 아무 답도 안 해주더군. 자네, 행복한가, 아닌가?"

"아냐, 절대로! 절대로 아니야!" 공작이 쓰린 고통을 담은 어조로 말했다.

"그래, 그렇다고는 말할 수 없겠지." 로고진이 냉소적인 웃음을 띠며 말하더니 뒤도 돌아보지 않고 가버렸다.

제9장

제
4
부

제1장

공작과 아글라야가 초록색 벤치에서 만난 지 1주일이 지났
다. 가냐의 동생 바랴가 예판친의 집으로부터 돌아오고 있었다.
오빠와 아글라야의 사이를 다시 연결해주기 위해 그녀는 그 집
을 자주 방문했다. 그녀는 불행에 빠진 오빠를 돕고 싶었다. 그
녀가 보기에 오빠 가냐는 지나칠 정도로 무기력증에 빠져 있었
다. 그런 오빠를 돕는 방법은 아글라야와 오빠를 맺어주는 수
밖에 없다고 그녀는 생각했다.

하지만 예판친 가족의 집에서 돌아오는 그녀는 매우 침통한
표정을 짓고 있었다. 그리고 그 침통한 표정 속에는 쓰디쓴 냉
소가 뒤섞여 있었다.

독자 여러분들도 짐작하고 있듯이 가냐는 매우 평범하면서

도 특이한 성격의 소유자였다. 그는 진부한 일상, 자신을 둘러
싸고 있는 환경에서 탈출하려고 끊임없이 노력하는 인물이었
다. 하지만 그는 절대로 그 노력의 대가를 얻을 수 없는 인물이
기도 했다.

그는 좋은 가문 출신에다 머리도 좋고 영리했으며 성품도 착
한 사람이었다. 그러나 그의 그 모든 장점은 그다지 특별하지
않았고, 결국 그는 '남들과 다를 바 없는 사람'이 될 수밖에 없
는 인물이었다. 그는 자기가 독창적인 사람이고 똑똑한 사람이
라고 생각하고 있었지만 마음 한구석에는 늘 회의(懷疑)라는 벌
레가 자신을 갉아먹고 있었다. 그는 끊임없이 자신에게 재능이
없다는 사실을 자각하고 있었다. 그래서 막상 도약의 시기가
닥쳐오면 감행을 하지 못하는 부류의 인간이었다. 그는 기회가
주어지면 목적 달성을 위해 무슨 짓이든 하겠다고 마음먹고 있
는 인간이었지만 막상 결정적 순간에 이르게 되면 정직함 때문
에 혹은 양심상 일을 저지르지 못하는 인간이었다.

그는 예판친 장군의 집에 드나들면서 계속 '비굴하게 처신하
는 게 득이 된다면 끝까지 비굴하게 처신해야 한다'고 다짐하
고 또 다짐했다. 하지만 그는 결코 끝까지 비굴하게 처신하지
못했다. 그는 모든 것은 결국 '돈'에 달려 있다고 확신하고 또

제1장

확신했지만, 나스타시야가 준 돈을 공작에게 찾아가 되돌려 주었다. 그 돈은 한 미친 사내가 미친 여자에게 준 돈이었다. 그리고 그 미친 여자가 자신에게 내동댕이친 돈이었다. 그는 돈을 돌려준 후 몇 차례 후회를 하기도 했지만 한편으로는 내심 허세를 부려보기도 했다. 그러나 그는 그것이 허영심에 불과하다는 것을 알 만큼은 똑똑했다. 그래서 그는 괴로웠다.

또한 그는 아글라야 같은 여자는 진실하고 성실하게 대해줬어야 한다는 것을 뒤늦게 깨닫고 가슴이 찢어질 정도로 후회했다. 그는 직장도 집어치우고 우울과 슬픔 속에 파묻혀 동생 집에서 식구들과 함께 지내고 있었다.

파블롭스크 한 길가에 있는 프티진의 별장은 고급스럽지는 않았지만 널찍한 목조 가옥이었다. 바랴가 위층으로 올라가려니 소란스러운 소리가 들렸다. 오빠와 아버지가 싸우는 고함이었다. 안으로 들어가 보니 아버지 이볼긴 장군은 보이지 않았고 가냐는 방 안을 서성이고 있었다. 그녀는 소파에 앉으며 궁금한 표정으로 오빠에게 물었다.

"오빠, 왜 그래요? 별일 없는 거죠?"

"별일이 없긴! 노인네가 완전히 미쳤어! 어머니는 울고불고 난리고! 노인네를 집에서 내쫓든지 내가 나가버리든지 해야지!

아니, 잘못을 했으면 사과를 해야지, 오히려 큰소리를 치고 있으니…… 그나저나 너야말로 무슨 일이 있는 거니? 얼굴이 영 말이 아니구나?"

"얼굴 따위가 무슨 문제예요." 바랴는 퉁명스럽게 대답했다. 가냐는 여동생을 호기심 어린 표정으로 동생을 바라보았다.

"너 거기 갔었구나?"

"네."

"무슨 일이 있나보구나."

"뭐, 생각대로 된 거죠. 남편 말이 옳았어요. 그이는 어디 있어요?"

"집에 없다. 대체 뭐가 매제 말대로 됐다는 거냐?"

"공작이 공식적으로 약혼자로 받아들여졌어요. 다 끝난 일이에요. 언니들이 말해줬어요. 아글라야도 받아들였대요. 아델라이다의 결혼식은 또 연기됐나봐요. 두 자매의 결혼식을 같은 날 올릴 거래요. 공연히 그렇게 방 안을 왔다 갔다 하지 말고 축시나 한번 읊어보시지요. 오늘 저녁에 벨로콘스키 공작 부인이 그 집에 온대요. 물론 다른 손님들도 오겠지요. 공작을 정식으로 소개하고 약혼을 공표할 거래요."

가냐는 동생의 말에 주의를 기울였지만 그의 희망을 무참히

짓밟아놓은 이 소식에 큰 충격을 받은 것 같지는 않았다. 바랴는 오빠의 반응에 놀랐다.

"그래, 그럴 줄 알았어." 가냐가 잠시 생각에 잠겼다가 말했다. "이제 끝난 거로군." 그는 야릇한 웃음을 지었다. 그는 능청스러운 시선으로 누이동생을 바라보며 계속 방 안을 왔다 갔다 했다. 하지만 걸음걸이는 한결 차분해져 있었다.

"오빠가 철학자처럼 말하니까 마음이 한결 놓이네요. 사실 저도 제가 마음먹고 있는 일이 성공하리라는 생각은 하지 않았어요. 다만 아글라야 성격이 워낙 이상하니까 혹시 하는 마음을 품었던 것뿐이에요."

"그래, 그 집 사람들 모두 반가워하고 있대?"

"그럴 리가 있어요? 공작을 훌륭한 남편감으로 생각하고들 있지 않은 마당에…… 오빠도 짐작할 수 있을 거예요. 장군은 흡족해하는 것 같은데 부인은 그렇지 않아요. 아글라야도 아직 싫다고 하지 않은 정도일 뿐이에요. 그녀에게 그 이상의 대답을 기대하는 건 무리잖아요. 어렸을 때부터 얼마나 수줍음이 많았는지 오빠도 잘 알잖아요. 게다가 나이 먹으면서 점점 더 속마음을 드러내지 않으니까요. 그런데 아글라야는 참 이상해요. 나를 붙잡고 '부모님께 각별한 존경심을 전해줘요. 조만간 당신 아버지를 뵐 거예요'라고 말하는 거예요. 너무 진지했어요. 정말 이상하지요?"

그러자 가냐가 화를 내며 말했다.

"우릴 조롱하는 거 아니야? 주정뱅이에 거짓말이나 일삼는 아버지, 매제에 얹혀사는 내 꼴, 게다가 밖으로만 나도는 콜랴…… 이 모든 집안 꼬락서니를 알면서……."

"오빠, 왜 화를 내는 거예요? 꼭 철없는 애 같아. 아니, 아글라야가 그런 일들 때문에 오빠에 대한 인상이 나빠질 여자 같아요? 정말 그녀 성격을 몰라요? 아글라야는 일급 신랑도 거부하고 다락방 신세의 대학생과 도망칠 수도 있는 여자예요. 그게 그 여자의 꿈이에요! 오빠가 우리 처지에 대해 자부심과 용기를 가질 줄 알았다면 그 여자가 흥미를 가졌을 텐데…… 공작이 그녀 마음에 든 건, 그에게 그녀를 낚아챌 마음이 전혀 없었기 때문이에요. 그리고 사람들이 그를 백치 취급하기 때문이에요. 이 결혼으로 가족들이 전전긍긍하고 있다는 사실만으로도 그 여자는 즐거워하고 있어요. 오빠는 정말 아무것도 몰라요."

남매는 더 이상 공작과 아글라야에 대해서는 이야기를 나누지 않았다.

제1장

121

제2장

사실 바랴가 오빠에게 전해준 공작과 아글라야의 혼담에 관한 소식은 다소 과장된 것이었다. 아마 눈치 빠른 바랴가 가까운 장래에 일어날 일을 예측해서 오빠에게 들려준 것인지도 모른다. 혹은, 자기도 모르게 과장하고 싶은 유혹을 느꼈는지도 모른다. 그녀는 비록 오빠를 사랑하고 있었지만, 그 누구든 상대방의 슬픔이라는 잔에 쓰디쓴 마지막 한 방울의 즙을 떨어뜨리고 싶은 유혹을 느끼기 마련 아닌가? 누구나 그러면서 은밀한 쾌감을 느끼지 않는가?

바랴는 오빠를 위해 되도록 정확한 정보를 얻어내려 했다. 하지만 그녀는 그녀의 친구인 예판친의 딸들에게서 정확한 정보를 얻어낼 수는 없었다. 그녀들의 대화에서 겨우 암시, 수수께끼 같은 말과 침묵들을 귀동냥하면서 겨우 사정을 짐작할 수 있을 뿐이었다. 혹은 그녀들이 역으로 바랴에게서 무슨 말인가를 끌어내기 위해 짐짓 그런 식으로 대화를 했을 수도 있고. 혹은 어린 시절의 친구를 괴롭히는 데서 얻게 되는 쾌감을 만끽하고 싶었는지도 모른다. 아마도 바랴가 줄기차게 자기 집에 찾아오는 이유를 그녀들이 짐작해냈을 수도 있다.

그런데 도대체 어떻게 예판친의 모든 가족이, 아글라야의 운명이 이런 식으로 결정될 것이라는 생각을 공유하게 되었을까? 그 상황이나 이유를 설명하기란 매우 어렵다. 다만 모두에게 그런 생각이 들자마자 그들은 자기들이 내내 그런 생각을 해왔다는 식으로 말했다.

예컨대 아글라야의 언니들은 '이미 오래전부터 다 알고 있었다. 「가난한 기사」 이야기가 나왔을 때부터, 심지어 그 전부터 불을 보듯 빤한 사실이었다. 하지만 너무 터무니없는 일 같아서 믿고 싶지 않았을 뿐이다'라고 말했다.

리자베타는 한술 더 떴다. 자신은 모든 것을 예견했고 누구보다 먼저 알아챘다는 것이며 이미 오래전부터 가슴앓이를 해왔다고 했다. 전에 그랬다는 게 사실인지 아닌지는 그만두고라도 최소한 지금은 그 문제로 부인이 골머리를 앓고 있는 것은 분명했다. 그녀는 공작 생각만 해도 속이 뒤집혔다. 도무지 갈피를 잡을 수 없었던 것이다. 분명히 즉각적인 답을 요구하는 문제가 눈앞에 놓여 있음에도 불구하고 부인은 해결할 수가 없었다. 심지어 아무리 노력해도 그게 무슨 문제인지 문제 자체를 제대로 파악할 수조차 없었다.

'공작은 좋은 사람인가, 아니면 나쁜 사람인가? 이 모든 문제가 좋은 일인가, 나쁜 일인가? 만일 나쁜 일이라면(분명히 그렇겠지만) 왜 나쁜 일일까? 만일 좋은 일이라면(그럴 수도 있겠지) 왜 좋은 일일까?'

가장인 이반 페트로비치 예판친 장군도 처음에는 당연히 놀랐다. 그러더니 불쑥 이렇게 고백했다.

"실은 나도 꽤 오래전부터 비슷한 생각을 해왔소."

이어서 그는 아내의 눈치를 살피면서 장군은 "정말 황당한 일이야. 더 이상 왈가왈부하지 않겠어"라고 말하면서도 "그만하면 공작은 아주 훌륭한 사람이야. 더욱이 그는 우리의 친척이니 사교계에 소개시켜주는 뜻에서라도…… 게다가 공작이 재산이 없는 것도 아니고……"라며 떠듬떠듬 찬성을 표했다.

리자베타는 남편의 그런 모습을 보면서 분노를 터뜨렸다.

그녀의 말에 의하면 지금 벌어지고 있는 일은 '도저히 용서할 수 없는 어리석은 일이며 범죄와도 같은 일이었고, 야만적이고 터무니없는 망상'에 불과했다.

"무엇보다 그 공작이라는 사람은 백치에 가까운 환자예요. 그는 세상을 알지도 못하며 거기에 낄 자리도 없는 바보란 말이에요. 도대체 그런 인간을 누구에게 보여줄 것이며, 어디로 데려가겠어요? 벨로콘스키 공작 부인은 뭐라고 하겠어요? 그래, 우리가 아글라야의 남편감으로 그런 사람을 꿈엔들 생각해 본 적이 있어요?"

그중 가장 중요한 것은 마지막 논리였다. 그 생각을 하면 어머니로서 심장의 피가 끓어오르는 것 같았다. 그러나 동시에 그녀 마음 깊은 곳에서는 다른 목소리가 들려왔다.

'그래, 도대체 공작이 어디가 부족해서 받아들이지 못하겠다는 거지?'

자기 마음속에서 늘려오는 이 자기부정의 목소리가 리자베타를 가장 곤혹스럽게 했다.

아글라야의 언니들은 공작을 제부(弟夫)로 맞이하는 일을 반기는 것 같았다. 그녀들이 보기에 이 혼사는 조금도 이상하지 않았다. 그녀들은 얼마간 공작 편이 되어 있었다. 하지만 그녀들은 적극적으로 자기들의 의견을 말하지 않았다. 그녀들은 어

머니가 그 무슨 일에서건 완강하게 반대하고 고집을 부리는 것
은 이미 내심으로 그것을 사실로 받아들이고 있는 증거라는 것
을 경험으로 알고 있었다.

리자베타는 마침 페테르부르크에 잠시 와 있던 벨로콘스키
공작 부인을 찾아갔다. 공작 부인은 리자베타의 절망에 찬 열
띤 고백을 듣고도 조금도 동정의 빛을 띠지 않았다. 그 노부인
은 냉엄한 전제군주 같은 여자였다. 부인은 아무리 오래된 지
기라도 결코 자신과 동등한 반열에 오르는 것을 받아들이지 않
았다. 그녀는 35년 전과 마찬가지로 리자베타를 여전히 피보호
자 취급했다. 리자베타의 눈물 젖은 호소를 들은 후 노부인은
냉정하게 진단했다.

"너희 집안은 언제나 지레 소란을 떠는 버릇이 있어. 파리를
코끼리로 만들어놓고 야단법석을 떤단 말이야. 도대체 뭐가 그
리 심각한 일이라는 거냐? 차분히 기다리면서 무슨 일이 일어
날지 두고 보면 될 것을…… 내가 보기에 공작은 그럭저럭 괜
찮은 젊은이야. 병을 앓고 있고, 좀 이상한 짓을 하기는 한다
만…… 하지만 공공연하게 다른 애인을 두고 있다는 건 좀 문
제야."

리자베타는 벨로콘스키 부인이 아글라야의 신랑감으로 추천

한 예브게니와의 혼담이 실패한 것 때문에 화가 나 있다는 것을 눈치챘다. 그녀는 공작 부인을 방문하기 전보다 훨씬 심란해져서 돌아왔다. 하지만 마음을 차분히 먹고 사태를 냉정하게 바라보며 기다리자고 그녀는 결론을 내렸다. 그러나 억지로 다잡은 마음의 평온은 채 5분도 가지 못해, 그녀가 벨로콘스키 공작 부인을 만나러 간 사이에 벌어진 일을 딸들에게서 전해 듣는 순간 깨져버렸다.

딸들이 들려준 사건의 전말은 다음과 같다.

리자베타가 공작 부인을 만나러 간 지 얼마 안 되어 미쉬킨 공작이 찾아왔다. 공작을 30분 이상 기다리게 한 후 나타난 아글라야는 그에게 체스를 두자고 했다. 공작은 체스를 잘 둘 줄 몰랐기에 그녀는 쉽게 이길 수 있었다. 그녀는 너무 기뻐하며 보기 민망할 정도로 공작을 마음껏 놀려댔다.

체스를 몇 판 둔 후 아글라야가 이번에는 '두라키'라는 카드 놀이를 하자고 했다. 일명 '바보 게임'이었다. 그런데 그 게임에서는 전세가 완전히 역전되었다. 공작은 한 수 위 정도가 아니라 완전히 게임의 명수였다. 아글라야는 이기기 위해 온갖 속임수를 다 썼지만 아무 소용이 없었다. 아글라야는 내리 다섯 판을 졌다. 아글라야는 발끈 성을 내며 독설을 퍼붓기 시작했다. 특히 공작이 이 방에 있는 한, 자기는 한 발도 들여놓지 않겠다며, 12시 넘어 남의 집에 찾아오는 것은 파렴치한 행위라고 비난하자 공작은 파랗게 질리기까지 했다. 바로 전날 공작이 자정이 넘어 찾아와 9시 반인 줄 알았다고 알렉산드라에게 말했던 사실을 꼬집은 것이었다. 그 말과 함께 아글라야는 문을 쾅 닫고 자기 방으로 올라가버렸다. 언니들이 열심히 공작을 위로했지만 공작은 마치 죽어서 땅에 묻힌 사람의 얼굴을 한 채 돌아가버렸다.

공작이 돌아간 지 15분도 채 안 되었을 때, 아글라야가 뛰어 내려왔다. 다급한 마음에 얼굴을 닦을 겨를이 없었는지 온통 눈물에 젖어 있었다. 그녀가 황급히 뛰어 내려온 것은 콜랴가 고슴도치 한 마리를 갖고 나타났기 때문이었다. 고슴도치는 콜랴가 길에서 만난 어느 농부에게서 구입한 것이었다. 아글라야는 다짜고짜 콜랴에게 고슴도치를 팔라고 했다. 콜랴는 그녀가 왜 그 고슴도치를 사려는지 이유도 모르는 채, 구입한 가격에 팔았다. 그러자 아글라야는 콜랴의 도움으로 그 고슴도치를 바구니에 넣은 후 정성스럽게 냅킨으로 쌌다. 그런 후 그녀는 콜랴에게 말했다.

"콜랴, 이 고슴도치를 공작에게 전해 줘. 내가 깊은 존경을 표한다고 말해주고."

"도대체 이 고슴도치를 왜 공작에게 전해주라는 거지요?" 콜랴가 물었다.

"너는 알 것 없어."

"뭔가 심각한 의미가 있는 것 같은데요."

아글라야가 화를 내자 콜랴는 싱글거리며 고슴도치 바구니를 들고 나갔고, 아글라야는 흡족한 표정으로 자기 방으로 올라갔다. 그녀는 하루 종일 기분이 좋았다.

딸들에게서 그 이야기를 듣고 리자베타는 도무지 정신을 차릴 수 없었다. 특히 고슴도치가 그녀를 당혹하게 만들었다. 대체 고슴도치가 뭘 의미할까? 무슨 뜻이 있을 거야. 그런 식의 암호나 전보도 있는 걸까?

그녀는 남편에게 궁금한 것을 물었다. 하지만 장군은 심드렁하게 그런 암호는 없다, 고슴도치는 그냥 고슴도치일 뿐이다, 모욕 준 것을 잊고 화해하자는 뜻 외에 아무것도 들어 있지 않은 장난일 뿐이다, 라고 대답했다.

우리는 장군의 진단이 정확했음을 미리 지적해두기로 하자. 아글라야에게 모욕을 당하고 쫓겨나다시피 한 공작은 집으로 돌아온 후 30분가량 암울한 절망감에 빠져 있었다. 그런데 뜻밖에도 콜랴가 고슴도치를 갖고 나타났다. 갑자기 먹구름이 걷히는 기분이었다. 그는 콜랴의 손을 붙잡고 이것저것 캐물었다. 같은 질문을 열 번 이상 더 던지는 공작을 콜랴는 싱글거리는 얼굴로 장난스럽게 바라보았다.

"공작, 이건 아주 간단한 일이에요. 그녀는 공작을 사랑하고 있어요."

공작은 얼굴이 화끈 달아올랐지만 아무 대꾸도 하지 않았다. 그는 왜 이리 시간이 더디게 가냐 하는 기분으로 5분마다 시계를 들여다보았다.

이윽고 저녁이 되었고 공작은 차를 마시러 예판친네 집으로 갔다. 공작이 나타날 때까지 리자베타는 거의 히스테리 상태였다. 공작은 묘한 미소를 띤 채 쭈뼛쭈뼛 안으로 들어섰다. 하지만 아글라야의 모습은 보이지 않았다. 공작은 절망했다.

공작이 들어섰지만 아무도 말이 없었다. 그 누구도 먼저 이야기를 꺼내는 것을 어색해했다. 그때였다. 아글라야가 살며시 응접실로 들어오더니 아주 예의 바르게 공작에게 인사를 한 후 의자에 앉았다.

"내가 보낸 고슴도치 받았나요?" 그녀는 거의 화라도 난 듯 퉁명스럽게 물었다.

공작은 얼굴을 붉히며 꺼져가는 목소리로 대답했다.

"네."

"자, 고슴도치에 대해 어떻게 생각하는지 분명히 말해봐요. 어머니와 우리 가족 모두를 진정시키기 위해 필요하니까!"

딸의 말에 장군은 갑자기 불안해졌고 장군 부인은 "너, 도가 지나친 말을 하는구나!"라고 외쳤다.

"어머니, 무슨 도라는 말이에요? 지금 그런 걸 물은 게 아니잖아요. 오늘 공작에게 고슴도치를 보내줬고, 거기에 대해 어떻게 생각하느냐고 물은 건데요. 자, 공작, 어떻게 생각해요?"

"그러니까, 뭘 어떻게 생각하느냐는 건지……." 공작이 우물쭈물했다.

"고슴도치가 어떻냐고요."

"그러니까…… 제가…… 고슴도치를 받고…… 그러니까…… 내가 그걸 어떻게 생각했느냐…… 하지만…… 한마디로…….."

그는 숨이 막혀 더 이상 이야기를 이어나갈 수 없었다.

잠시 가만히 듣고 있던 아글라야가 말했다.

"도대체 무슨 소리를 하는 건지…… 좋아요, 고슴도치 이야기는 그만하지요. 우리를 티격태격하게 만들었던 오해를 단번에 풀 수 있는 기회가 와서 나는 기분이 좋아요. 자, 당신 입으로 내게 직접 말해 봐요. 내게 청혼할 건가요, 아닌가요?"

"아이고, 하느님!" 리자베타의 입에서 저절로 그 말이 튀어나왔다.

공작은 흠칫 놀라 뒤로 한 걸음 물러섰다. 예판친 장군은 화석처럼 몸이 굳었고 언니들은 눈살을 찌푸렸다.

"공작, 거짓말하지 말고 솔직히 말해요. 모두들 내게 이상한 질문들을 해요. 무슨 근거가 있으니까 그런 질문들을 하는 게 아닌가요? 안 그래요?"

"아글라야, 나는 당신에게 청혼한 적이 없습니다." 공작이 갑자기 기운을 차리고 말했다. "하지만…… 당신은…… 내가 당신을 사랑한다는 것을 알고 있고…… 내가 당신을 믿는다는 것도…… 그리고 지금도……."

"내 질문은 간단해요. 내 손을 잡을 거예요, 말 거예요?"

"잡겠습니다." 공작이 기어들어가는 목소리로 대답했다.

장군은 놀라서 더듬더듬 뭐라고 중얼거렸고 부인은 "안 돼! 안 돼!"라며 손만 절레절레 내저을 뿐이었다.

"어머니, 이건 제 문제니까 제가 분명하게 공작에게 묻겠어요. 내 운명이 결정되는 순간이니까요. 내가 정말 알고 싶은 게 있고, 이렇게 가족들 모두 있는 데서 물을 수 있어서 더 기뻐요.

공작, 질문 하나 해도 괜찮겠지요? 당신이 '그런 의향을 품고 있다면' 과연 무엇으로 날 행복하게 해주겠어요?"

"정말 뭐라고 대답해야 할지 모르겠어요. 이럴 때, 이럴 때…… 뭐라고 해야 하는지…… 그리고…… 정말 그럴 필요가 있는지…… 저는 당신을 사랑하고 있습니다, 아글라야."

"아니, 우린 어린애가 아니에요. 실질적 문제를 짚고 넘어가야 해요. 자, 당신 재산이 얼마나 되는지 말해줄 수 있어요?"

"아니, 아글라야, 무슨 소리를 하고 있는 거니? 그런 게…… 그런 게 아닌데……." 장군이 놀람을 금치 못하고 중얼거렸다.

"어휴, 창피해!" 리자베타가 큰 소리로 외쳤고 알렉산드라도 "쟤, 정신이 나갔어!"라고 중얼거렸다.

"재산이라니요? ……돈 말씀입니까?" 공작이 더듬거리며 되물었다.

"맞아요."

"그러니까…… 나는…… 지금…… 내게는 13만 5천 루블의 돈이 있습니다."

"아니, 겨우?" 아글라야가 조금도 얼굴을 붉히지 않은 채 말했다. "어쨌든 상관없어요. 뭐, 절약하면서 살면…… 그래 직업은 가질 생각이에요?"

"가정교사 자격증을 따려고는 하는데⋯⋯."

"좋아요! 분명 수입을 늘릴 수 있겠네요. 시종무관 같은 게 되어볼 생각은 없어요?"

"그, 그런 생각은⋯⋯ 안 해봤는데⋯⋯."

대화가 거기까지 이르자 언니들은 터져 나오는 웃음을 참지 못하고 킥킥거리기 시작했다. 아델라이다는 언제부턴가 아글라야가 터져 나오는 웃음을 참느라 애쓰고 있음을 눈치채고 있었다. 아글라야는 킥킥거리는 언니들을 노려보는 척하더니 미친 듯 웃어대기 시작했다. 마치 히스테리를 부리는 것 같았다. 마침내 아글라야는 벌떡 자리에서 일어나 방을 뛰쳐나갔다.

"결국, 순전히 장난인 줄 알았어요. 고슴도치를 보낼 때부터 알아봤다니까요." 아델라이다가 말했다.

"아냐, 이런 짓은 용서할 수 없어! 절대로 용서할 수 없어!" 리자베타가 소리치며 자리에서 벌떡 일어나더니 아글라야의 뒤를 쫓아갔다. 아글라야의 언니들도 즉시 어머니의 뒤를 따랐다. 방 안에는 공작과 장군 단둘이 남게 되었다.

"이건⋯⋯ 이건⋯⋯ 도무지 상상할 수도 없는 일이⋯⋯." 장군은 어쩔 줄 모르고 공작에게 말했다.

"아글라야가 저를 조롱했을 뿐입니다." 공작이 침울하게 대답했다.

"잠깐만…… 좀 기다려주게…… 내가 가서 보고 올 테니 여기서 기다려주게. 난 도대체 영문을 모르겠어. 자네, 솔직히 말해주게. 난 이 집의 가장 아닌가?"

"저는 아글라야를 사랑합니다. 그녀도 알고 있습니다…… 제 생각엔…… 오래전부터 알고 있었을 겁니다."

장군은 어깨를 으쓱했다.

"정말 이상해…… 정말 이상하다고…… 자네 그 애를 진심으로 사랑하나?"

"진심으로 사랑합니다."

그때 알렉산드라가 아버지를 부르는 소리가 들렸다.

"기다려주게. 잠깐이면 돼! 내 곧 돌아올 테니." 장군은 말을 마치자 알렉산드라가 부르는 곳으로 황급히 달려갔다.

가보니 아내와 딸이 부둥켜안고 눈물을 흘리고 있는 모습이 보였다. 행복과 환희와 화해의 눈물이었다. 아글라야는 어머니의 손등, 뺨, 입술에 마구 입을 맞추었다.

"글쎄, 이 애를 보세요! 이 애를 보라니까요!" 리자베타가 말했다.

아글라야는 아버지를 보더니 냉큼 달려와 두 팔로 얼싸안고 키스를 퍼부었다. 그런 후 다시 어머니에게 달려가 얼싸안고 울음을 터뜨렸다. 리자베타는 숄로 딸의 어깨를 감싸주었다.

"그래, 이 못된 것! 도대체 우리들에게 무슨 짓을 한 거니!" 리자베타가 딸을 비난했다. 하지만 그 비난 속에는 기쁨이 넘치고 있었다. 그녀는 마치 무거운 짐을 단번에 내려놓은 것 같았다.

"그래요, 난 몹쓸 딸이에요! 아빠에게도 몹쓸 짓을 했지요."

장군이 딸에게 말했다.

"귀여운 것! 내 귀여운 것! 그러니까…… 너는…… 저 친구를 사랑하고 있구나?"

그러자 아글라야는 발칵 성을 내며 고개를 바짝 쳐들었다.

"아니에요! 아빠가 말씀하시는 그 사람, 정말 꼴도 보기 싫어요. 또 그런 말씀 하시면…… 아빠, 나, 진심이에요."

"그래, 그래. 네 맘대로 하려무나. 그 청년이 저기 혼자 기다리고 있으니 이제 그만 가봐도 된다고 네가 정중하게 말해주지 않겠니?"

"좋아요. 내가 먼저 갈 테니 조금 있다 따라오세요."

아글라야는 공작이 홀로 있는 응접실로 갔다. 그러자 장군이 부인에게 말했다.

"그래, 이게 다 어떻게 된 일이지? 당신 생각은 어떻소?"

"입 밖에 내기가 두려워요. 하지만 불을 보듯 뻔해요."

"그래, 내가 보기에도 그렇소. 저 애가 사랑을 하는 거요."

"사랑 정도가 아니에요. 완전히 푹 빠졌어요. 그런데 도대체 뭣 때문에?" 알렉산드라가 말했다.

"그게 저 애 운명이라면, 하느님 축복해주소서!" 리자베타가 경건하게 성호를 그으며 말했다.

잠시 후 모두들 응접실로 들어갔다. 그런데 그곳에서는 뜻밖의 광경이 그들을 기다리고 있었다.

아글라야는 좀 전의 모습은 어디로 갔는지 수줍은 모습으로 공작에게 말을 하고 있었다.

"제가 버릇없이 군 걸 용서해주세요. 쓸데없이 어리석은 짓을 한 걸 용서해주세요."

공작은 더없이 행복한 표정이었다. 하지만 한편으로 그는 도대체 무엇을 용서해달라는 것인지 알 수 없다는 표정이었다. 공작은 용서를 받거나 말거나 할 자격이 자신에게는 없다고 말하고 싶었다. 그는 사실 이상한 사람이어서 그가 유감을 표명해야 할 일에서도 기쁨을 느끼는 사람이었다. 단 한 가지 확실한 것이 있었다면 그는 더없이 행복했다는 것이었다. 그러나 그의 행복은 남들이 느낄 수 있는 행복과는 달랐다. 그는 언제고 아글라야를 찾아와서 그녀와 이야기를 나누고, 그녀와 산책할 수 있게 되었다는 사실만으로도 더없이 행복했다. 또한 그는 한평생 그것만으로도 만족을 느낄 수 있는 사람이었다. 그리고 리자베타는 바로 공작의 그런 점 때문에 마음속 깊이 불안감을 느끼고 있었다. 하지만 그녀는 차마 그 이야기를 입 밖에 꺼낼 수 없었다.

그날 저녁 공작이 얼마나 활기차게 대화를 나누었는지는 독자 여러분들이 상상하기 어려울 정도다. 그는 무슨 이야기건 가리지 않고 신나게 떠들어댔다. 반년 전 예판친의 집을 방문한 이래 처음 보는 모습이었다.

그는 누구의 비위를 맞추기 위해 애쓰지도 않았다. 다만 무슨 이야기에서건 너무 복잡하게 여겨질 정도로 진지했다. 공작은 자신의 인생관, 가슴속에 간직했던 말들을 다 털어놓았다. 장군은 진지한 이야기를 좋아하는 편이었지만 공작이 너무 박식한 데 약간 질리기도 했다. 공작은 신이 나서 떠들다가 마구 웃어대기도 했으며 사람들은 그의 웃는 모습이 재미있어서 함께 웃음을 터뜨렸다. 아글라야는 저녁 내내 말 한 마디 없이 공작의 말을 한 마디도 빼놓지 않고 경청했다. 아니, 그의 말을 듣

고 있었다기보다는 아예 그에게서 눈을 떼지 않고 있었다고 말
하는 게 정확할 것이다.

제3장

 바랴가 오빠에게 전한 내용 중 정확한 것이 있었다. 예판친 일가의 별장에서 열리는 파티에 벨로콘스키 공작 부인이 초대되었다는 내용이었다. 일은 몹시 서둘러 결정되었으며 딱히 그럴 필요도 없이 요란하게 진행되었다. 빨리 끝장을 내야 직성이 풀리는 리자베타가 재촉을 해댄 데다, 사랑하는 딸의 행복을 간절히 바라는 부모의 소망이 덧붙여져 모든 일이 급속히 진행된 것이다. 하지만 초대한 손님들의 숫자는 조출했다. 벨로콘스키 공작 부인 한 명만으로도 그들이 원하는 바를 충족시킬 수 있다는 계산에서였다.

 그들이 원하는 바는 간단했다. 그 막강한 노파의 힘으로 공작을 사교계에 진출시킨다는 것이 그중 하나였고, 다른 하나는 노파의 비호가 있다면 이번 혼사에서 뭔가 찜찜한 점을 무마시킬 수 있지 않을까 하는 것이었다. 말하자면 이번 파티는 공작을 사교계 사람들에게 선보이는 자리였다.

공작은 벨로콘스키 부인이 예판친의 집에 온다는 사실을 사흘 전에 알았다. 하지만 그날 파티가 열린다는 사실은 하루 전이 되어서야 전해 들을 수 있었다. 그리고 가족들의 걱정스러운 말투로 미루어 그가 사람들에게 줄 인상에 대해 그들이 불안해하고 있음을 알 수 있었다. 하지만 예판친 가족들은 그가 너무 단순해서 자기들이 걱정하는 문제를 눈치채지 못한다고 생각했고, 그를 바라보고 있자니 더욱 불안했다.

실제로 공작은 다가올 파티에 대해서는 별로 대단하게 생각하고 있지 않았다. 그의 걱정거리는 따로 있었다. 아글라야가 시간이 흐를수록 변덕이 심해지고 침울한 모습을 보이고 있었고, 그 때문에 그는 너무 힘들었던 것이다.

'파티' 전날, 자정이 다 되어 공작이 예판친의 집을 떠나려 할 때였다. 아글라야가 공작을 배웅하러 나왔다. 그녀는 공작과 단둘이 있게 되자 그에게 말했다.

"당신 내일 낮 동안에는 우리 집에 오지 말아요. 저녁에 사람들이 다 모인 다음에 와요. 손님들이 온다는 건 알고 있지요?"

그녀의 목소리는 조급하면서도 냉랭했다. 그녀가 내일 열릴 파티에 대해 그에게 말한 것은 그때가 처음이었다. 그녀는 공작을 선보이기 위해 파티를 연다는 사실 자체가 싫었고 부모들도 눈치를 채고 있었다. 그녀는 그 문제로 부모들과 한바탕 언쟁이라도 벌이고 싶었지만 자존심과 부끄러움 때문에 입을 다물고 있었다.

공작은 아글라야 역시 자기 때문에 걱정을 하고 있으면서 그런 사실을 드러내고 싶어하지 않을 뿐이라는 것을 눈치채고 불안해졌다.

"네, 나도 초대받았어요." 그가 대답했다.

그러자 그녀가 갑자기 발끈 화를 내며 말했다. 자기 때문에 열리는 파티인데 자기도 초대를 받았다고 말하다니!

"정말이지 당신, 평생 단 한 번만이라도 진지하게 이야기를 나누어볼 수 없어요?"

공작은 머뭇거리며 더듬거릴 뿐이었다. 아글라야는 잠시 말없이 있다가 혐오스럽다는 표정을 지으며 말했다.

"암튼 나는 이 문제로 가족들과 왈가왈부하기 싫어요. 그래 봤자 알아듣지도 못할 게 뻔하니까. 나는 그놈의 사교계 법칙이니 예의니 하는 게 싫어요. 엄마는 그 노파에게 굽실거릴 거고. 우리는 그냥 중류층일 뿐인데 왜 상류층에 끼지 못해 안달인지……."

공작이 역시 머뭇거리면서 말했다.

"아글라야, 당신이 내 걱정을 많이 하는 것 같아요. 내일 내가 무슨 멍청이 짓을 할까봐 걱정하는 거지요?"

"내가 당신 걱정을?" 아글라야는 얼굴을 붉혔다. "아니, 내가 왜 당신 걱정을 해요? 설사 당신이 망신을 당한다 해도…… 그게 나와 무슨 상관이죠? 그리고 '멍청이 짓'이라니? 어디서 그런 천박한 표현을 배웠죠? 집에 돌아가거든 아예 사전을 찾아들고 그런 표현을 잔뜩 찾아보시지…… 아주 효과 만점이겠네! 당신, 사람들이 당신을 빤히 쳐다보고들 있을 때 차를 어떻게 점잖게 마시는지는 알고 있어요?"

"알 거 같아요."

"안됐네. 어색한 폼을 보고 실컷 웃어줄 작정이었는데…… 최소한 거실에 있는 화병 하나쯤은 깨줘요! 아주 비싼 거니까, 제발 깨줘요. 엄마가 선물로 받은 중국제 화병인데, 아마 사람들 앞에서 엉엉 울 거예요. 엄마가 너무 아끼는 거니까. 당신 늘 하듯이 괴상한 몸짓으로 그걸 떨어뜨려요. 일부러 그 옆에 앉아 있는 게 좋겠네."

제3장

"되도록 멀리 앉을게요. 미리 주의를 줘서 고마워요."

"흥, 당신도 당신 몸짓이 요란할 걸 미리 걱정하고 있었군요. 그리고 당신 분명히 심각하고 현학적이고 고상한 주제를 끄집어내겠지요? 내기를 해도 돼요. 그게 당신에게 어울리니까……."

"그러면 우스꽝스러울 것 같은데…… 꼭 그래야 할 때가 아니라면……."

"자, 분명히 들어둬요. 마지막으로 하는 말이니까…… 만일 당신이 사형제도니, 러시아 경제 상황이니, 아름다움이 세계를 구원한다느니 하는 따위의 말들을 늘어놓으면 나는 너무 재미가 있어서 마구 웃어주겠어요. 미리 경고하지만…… 그런 후에 다시는 내 눈앞에 나타날 생각도 하지 말아요. 명심해요. 진심으로 하는 말이에요. 이번에는 정말 진담이라고요!"

정말로 그녀는 진지한 표정이었다. 그녀의 목소리와 시선에는 공작이 이전에 느껴본 적이 없던 그 무언가 낯선 것이 담겨 있었다. 결코 농담이 아니었던 것이다.

"당신은 내가 정말 멍청한 짓이나 쓸데없는 말을 할 것처럼…… 화병을 깨기라도 할 것처럼 겁을 주고 있군요. 지금까지는 그런 걱정 전혀 안 했는데…… 이제는 정말 멍청한 짓을 할 것 같아요."

"그럼 아예 아무 말도 하지 말아요. 그냥 잠자코 앉아 있기만
해요."

"그럴 수 없을 것 같아요. 겁이 나서라도 말을 할 것 같
고…… 또 겁이 나서 화병을 깨버릴 것 같고…… 어쩌면 마룻
바닥에 벌렁 나자빠지거나 무슨 비슷한 짓을…… 벌써 그런 느
낌이 들어요. 그리고 오늘 그런 꿈을 꿀 것 같아요. 왜 그런 말
을 해준 거지요?"

아글라야는 어두운 얼굴로 그를 바라보았다. 이윽고 공작이
말했다.

"난 차라리 내일 나타나지 않는 게 좋겠어요! 아프다고 핑계
를 대면 되잖아요."

아글라야는 안색이 새파랗게 되면서 소리쳤다.

"세상에! 누구를 위해 여는 파티인데 안 오겠다니! 맙소사!
당신같이 멍청한 사람은…… 정말 그러고도 남을 사람이에요."

"아니, 아니, 올게요. 오겠어요. 맹세코 저녁 내내 말 한마디
않겠어요. 입을 꼭 봉하고 있을게요."

그녀와 헤어져 집에 온 공작은 밤새 열에 시달렸다. 사실

제3장

은 이상하게도 며칠 밤 내내 같은 일이 반복되고 있었다. 그런데 그날 밤, 반쯤은 환각에 사로잡힌 공작에게 계속 같은 생각이 떠올랐다. 내일 모든 사람들 앞에서 발작이 일어나면 어떻게 하지? 그 생각에 그는 온몸이 얼어붙는 것 같았다. 그는 밤새도록 그가 사교 모임에서 낯선 사람들에 둘러싸여 있는 꿈에 시달렸다. 그리고 무엇보다 중요한 것은 그가 떠벌리고 있었다는 사실이다. 그는 말을 해서는 안 된다는 것을 자각하고 있으면서도 쉬지 않고 말을 했다. 그는 방문객들에게 무언가를 설득하기 위해 애쓰고 있었다.

다음 날 늦게 잠에서 깨어난 공작은 술에 취한 레베데프가 찾아와 횡설수설하는 것을 견디며 들어야 했다. 그의 횡설수설을 통해 그는 아글라야가 가냐와 나스타시야에게 편지를 보냈다는 놀라운 사실을 알게 되었다. 그리고 그의 입을 통해 아글라야가 뭔지 모르지만 극심한 불안에 사로잡혀 있다는 사실도 알게 되었다. 공작은 갈피를 잡을 수 없었다.

공작은 오후에 찾아온 콜랴로부터 이볼긴 장군이 위독하다가 겨우 위기는 넘겼다는 소식을 들었다. 공작은 콜랴와 함께 장군을 문병했다.

저녁 9시가 되자 공작은 손님들로 가득 찬 예판친네 집 거실에 나타났다. 공작은 자리를 잡고 주위를 둘러보았다. 그리고 그 분위기가 아글라야가 겁을 주었던 모습이나, 지난밤의 악몽 속의 모습과는 전혀 다르다고 느꼈다. 그는 오히려 그 모임에 매혹되었다. 그는 마치 거기 모인 사람들이 손님들이라기보다는 한집안 식구나 다름없다고 느꼈다. 마치 오래전부터 알고 있던 사람들을 얼마 동안 헤어져 있다가 다시 만난 것 같았다.

그는 그들의 우아한 매너, 솔직함에 거의 매혹되다시피 했다. 그는 그러한 선량함, 고상함, 유머, 위엄이 순전히 겉만 번지르르한 치장에 불과하다는 것을 몰랐다. 하지만 손님 자신들도 자신들이 지닌 장점이 단지 겉치장에 불과하다는 사실을 모르고 있었다. 그리고 그것은 그들의 탓이 아니었다. 그것은 무의식적으로 생긴 유전자 비슷한 것이기 때문이었다.

파티에 참석한 사람의 수는 그다지 많지 않았다. 벨로콘스키 공작 부인과 나이 든 거물 관리 부부, 독일식 이름을 가진 거물 장군이 제1선의 인물들이었다. 그 장군은 예판친 장군의 직속 상관으로서 전형적인 러시아 고관대작이었다. 또한 나이가 지긋이 든 영국 귀족풍의 남작이 있었는데, 그는 상당한 달변이었다.

젊은 축에 속하는 사람으로서는 우리가 잘 알고 있는 S 공작과 예브게니 외에 젊은 시절 유럽 여자들의 마음을 사로잡았던 마흔다섯 살의 N 공작이 있었다. 마지막으로 그들처럼 엘리트 계층에 속하지는 않지만, 예판친가의 사람들처럼 엘리트들이 주최하는 살롱 모임에서 자주 얼굴을 볼 수 있는 계층에 속한 공병 대령이 한 명 있었으며, 마지막으로 독일 출신의 문학가이자 시인이 있었다.

공작이 불순물이 섞이지 않은 황금 같다고 여긴 사람들은 바로 그런 사람들이었다. 그들은 그렇게 계층이 달랐지만 모두들 자기만족에 빠져 있다는 점에서는 공통되는 사람들이었다. 그리고 그들은 모두 내심 자신이 이 파티에 참석해준 것이 예판친 가문에 영광을 베풀어준 것이라고 자만하고 있었다.

아글라야는 그날 놀랄 정도로 아름다웠다. 그녀는 가끔 공작 쪽으로 눈길을 돌렸다. 공작의 처신에 흡족해하는 눈치였다. 공작은 점점 기분이 고조되었지만 거의 입을 열지 않았으며 나중에는 아예 입을 봉해버리고 남의 이야기에 귀를 기울이기만 했다. 하지만 그의 내부에는 무언가 영감(靈感) 같은 것이 차오르고 있어, 마치 터져 나올 기회만 노리고 있는 것 같았다. 하지만 그가 입을 열게 된 것은 순전히 우연이었지 그의 의도가 아니었다.

제4장

공작은 N 공작 및 예브게니와 유쾌하게 이야기를 나누고 있는 아글라야를 황홀한 모습으로 바라보고 있었다. 그런데 영국 귀족풍의 남작 입에서 난데없이 니콜라이 안드레예비치 파블리쉬체프의 이름이 튀어나왔다. 미쉬킨 공작을 어린 시절부터 돌봐준 바로 그 은인의 이름이었다.

남작은 자신이 소유했던 땅과 관련된 소송에 대해 노관리와 이야기를 나누고 있었다. 이야기 말미에 그가 이런 이야기를 했다.

"제가 파블리쉬체프로부터 물려받은 땅도 소송에 휘말리기 싫어 그냥 포기하고 말았습니다. 그런 소송 두 번만 더 했다가는 파산할 게 뻔하니까요."

공작은 엉뚱한 곳에서 엉뚱한 사람의 입을 통해 파블리쉬체프의 이름을 듣게 되자 호기심에 귀를 기울였다. 공작이 두 사람의 대화에 각별한 관심을 기울이는 것을 알아챈 예판친 장군이 공작에게 다가와 속삭이듯 말했다.

"이보게, 저 사람은 고 파블리쉬체프와 친척 간이라네. 자네, 그 사람 친척을 찾지 않았나?"

그는 공작이 그 누구와도 대화를 하지 않고 홀로 있는 모습을 불안하게 쳐다보고 있었던 것이다. 그는 그들의 대화에 공작을 끌어들여 상류층 인사들에게 공작을 어느 정도 인식시키게 하고 싶었다. 장군은 남작과 시선을 마주치며 말했다.

"레프 니콜라예비치는 양친을 여읜 후 파블리쉬체프의 보살핌을 받고 자랐습니다."

"그래요? 아, 생각이 나요. 아까 장군이 저 사람을 소개할 때 알아봤습니다. 열 살인가 열한 살인가, 어릴 때 보곤 못 봤지만 별로 변하지 않았어요."

"제가 어렸을 때 저를 보셨던 말씀입니까?" 공작이 너무 놀라서 물었다.

"그럼. 아주 오래전이지. 즐라토베르호프 마을이었지. 그때 자네는 내 사촌들 집에 살고 있었어. 옛날에 나는 거기 자주 들렸었는데…… 내가 기억나지 않나? 하긴 너무 어렸을 때니까…… 그때 자네는 무슨 병을 앓고 있었는데…… 한번은 자네 모습을 보고 내가 무척 놀란 적도 있어."

"아무 기억도 나지 않아요." 공작이 흥분해서 말했다.

남작은 침착했지만 공작은 대단히 흥분해 있었다. 대화를 해보니 남작의 사촌 누이들이 공작을 잠시 맡아 키웠던 것이 사실로 밝혀졌다. 남작은 기억이 정확한 사람이었다. 그는 공작이 전혀 기억할 수 없는 그 시절 이야기를 들려주었다.

화제가 다시 파블리쉬체프로 옮아가자 공작이 말했다.

"그분은 정말 훌륭한 분이셨어요. 정말로……."

그 말을 하면서 공작은 거의 몸을 부들부들 떨기까지 했다. 그가 왜 그렇게 감동에 젖어 흥분했는지 정확히 말하기는 힘들다. 어쩌면 이 모임의 사람들에게서 감흥을 느끼다가 바로 이 순간 그 누구에겐가 이루 형언할 수 없는 감사의 정을 느꼈을 수도 있다.

모두들 갑자기 흥분한 공작의 모습을 지켜보았다. 아글라야는 뭔가 겁에 질린 모습이었으며 리자베타는 거의 허둥지둥할 정도로 어찌할 바를 모르고 있었다. 솔직히 말하자면 리자베타와 그 딸들은 조금은 이상한 사람들이었다. 그녀들은 공작이 취해야 할 가장 바람직한 태도는 이날 저녁 내내 입을 봉한 채 있는 것이라고 생각했었다. 하지만 그런 벙어리 역에 만족해서 한쪽 구석에 서 있는 공작의 모습을 보자 그녀들은 곧 불안해지기 시작했다. 심지어 알렉산드라는 그를 사람들 곁으로 데려가려고 마음먹기도 했다. 그런데 정작 공작이 입을 열자 예판친의 여인들은 또다시 불안해졌다.

"맞아요. 정말 훌륭한 분이었지요." 남작이 공작의 말을 받았다. "그래요, 정말 선량한 분이었어요. 그리고…… 당신의 입장에서 본다면 더욱 그렇겠지요."

그때 남작 옆에 있던 노관리가 말했다.

"그런데 그 파블리쉬체프에게 뭔가 가십거리가 있지요? 좀 이상한…… 그 무슨 수도원장과 관련된…… 가만…… 이름이 기억이 안 나는데…… 어쨌든 어떤 수도원장과 관련된 이야기가 떠돌던 것 같은데……."

그러자 남작이 대답했다.

"예수회 수도원장이었던 구로 신부 말씀이로군요. 그렇지요. 둘이 관계가 있지요. 가문도 좋고 재산도 많았고 출셋길도 훤하게 뚫려 있던 파블리쉬체프가 어느 날 갑자기 재산을 다 버리고 가톨릭 신자가 되었으니 말입니다. 예수회 신자 말이지요.

그때까지만 해도 공공연한 비밀이었는데…… 돌아가시길 잘했다고들 수군거렸지요."

그때였다. 공작이 갑자기 소리를 질렀다.

"그분이…… 그분이 가톨릭으로 개종을 했다고요! 그럴 리가 없습니다!"

"그럴 리가 없다니. 그 양반이 훌륭한 분인 건 틀림없어요. 하지만 그 교활한 구로 신부 꼬임에 넘어간 거지. 그 신부는 심지어 고인의 유산 문제에도 달려들었으니 정말 교활한 인간이지…… 정말이지 가톨릭 신도들은 상습적 사기범들이라니까."

그러자 공작이 다시 필요 이상으로 언성을 높여 외쳤다.

"그분은 맑은 영혼을 지닌 기독교도였습니다! 진정한 기독교도였습니다! 그런 그가 어떻게 반기독교적 신앙을 받아들일 수 있었겠어요? 가톨릭은 반기독교적 종교일 뿐이에요."

공작은 그 말을 하면서 사람들을 둘러보았다. 그의 두 눈에 광채가 뿜어져 나오고 있었다.

"그건 좀 지나친 말이로군." 노관리가 뜻밖이라는 눈초리로 예판친 장군을 바라보며 말했다.

그러자 남작이 미쉬킨 공작에게 직접 물었다.

"어떤 의미로 가톨릭이 반기독교적이라는 건가? 가톨릭이 도대체 어떤 건데?"

그 질문은 하지 않는 것이 좋았다. 그 질문을 듣자 거의 광기에 가까운 열변을 공작이 토해냈던 것이다. 여기서 공작의 열변을 길게 늘어놓지는 않으련다. 대신 간단하게 그가 한 말들을 요약하면 다음과 같다.

첫째, 로마 가톨릭은 무신론보다 더 나쁘다. 그리스도의 이상을 왜곡시키고 있으며 반그리스도적 행태를 일삼는다. 로마 가톨릭은 이미 종교의 영역을 벗어났으며 서로마 제국의 명맥을 유지하기 위한 수단일 뿐이다. 로마 교황은 믿음을 전파하기보다는 속세에 찌든 왕관을 차지하고 칼을 휘두를 뿐이다. 속으로는 교활한 속임수 등 온갖 악행을 감추고 있으면서 겉으로만 경건함과 진실, 민중을 향한 애정을 내세운다. 그들은 종교를 가장한 속물들이며 무신론은 바로 그런 로마 가톨릭에 대한 실망과 회의(懷疑)에서 비롯된 것이다. 그런 의미에서 로마 가톨릭은 무신론과 같다. 물론 내가 공격하는 것은 종교가 아니다. 종교를 가장한 로마의 권력이다.

둘째, 우리 사회를 병들게 하고 있는 사회주의라는 것도 실은 로마 가톨릭 교리의 산물이다. 사회주의는 무신론과 마찬가지로 가톨릭에 대한 회의에서 출발한 것이다. 사회주의는 정신적으로 가톨릭과 대립되는 것 같지만 종교가 상실한 정신적 권위를 차지하려한다는 점에서, 인류의 구원을 '그리스도'가 아닌 '폭력'을 통해 얻으려 한다는 점에서 로마 가톨릭과 다를 바 없다. 사회주의는 로마 가톨릭과 마찬가지로 폭력에 의한 자유, 칼과 피에 의한 결속을 다지려고 한다.

셋째, 러시아인들은 가톨릭으로 개종하면 가장 맹신적이 된다. 무신론자가 되면 칼을 빼 들고 신에 대한 믿음을 근절하려 한다. 왜 그럴까? 바로 그런 새로운 모습에서 조국애를 발견하기 때문이다. 따라서 그런 무신론이 쉽게 새로운 종교처럼 받아들여진다. 이제, 그 애타는 갈증에 올바른 방향을 제시할 때가 되었다. 참된 그리스도상에 입각한 러시아적인 그리스도와 사상을 가져야 한다.

도중에 여러 번 노관리와 남작의 제지와 반론이 있었지만 공작은 조금도 개의치 않고 연설을 계속했다. 그런데 뜻하지 않은 사건이 벌어져서 공작은 이야기를 중단해야만 했다.

우리가 비록 논리 정연하게 정리하긴 했지만 사실상 공작의 끝없이 이어지는 장광설, 잔뜩 고양된 상태에서 이리저리 넘나드는 혼란스러운 생각들은 종잡을 수 없을 정도로 마구 뒤섞였으며, 그 모든 것은 이 젊은이의 정신 상태가 폭발 직전임을 보여주고 있었다. 그곳에 있던 사람들 중 공작을 잘 알고 있던 사람들은 평소에 그토록 신중하고 부끄러움을 타던 그의 그런 모습을 보고 놀란 가운데 두려움과 민망함을 동시에 느끼고 있었다. 그리고 공작을 모르던 사람들은 모두 어안이 벙벙한 표정을 짓고 있었으며, 특히 벨로콘스키 공작 부인은 당장이라도 밖으로 뛰쳐나가고 싶어하는 기색이 역력했다.

예판친 장군은 몇 번이나 공작의 말을 중단시키려 했다. 하지만 그가 장광설을 그치지 않자 그의 병을 핑계 삼아 그를 방에서 데리고 나가려고 그의 곁으로 갔다. 그런데 사태는 전혀 다른 방향으로 전개되었다.

이제까지 공작은 아글라야가 그토록 주의를 주었던 화병으로부터 가능한 한 멀찍이 떨어져 앉아 있었다. 어제 아글라야의 주의를 들은 후, 아무리 조심을 하더라도 결국은 화병을 깨뜨리고 말 것이라는 예감이 미쉬킨 공작을 사로잡고 있었던 것이다. 이상한 일이었지만 그 생각이 이제 그에게는 일종의 신념 비슷한 것이 되어버렸다. 그런데 파티가 계속되면서 우리가 이미 말했듯 그는 파티에서 좋은 인상을 받았고 정신은 고양되어 있었다. 그리고 그런 고양 상태에서 그는 그 예감을 잊어버렸다. 공작이 파블리쉬체프의 이름을 들었을 때, 예판친 장군은 공작을 남작에게 데려가 소개를 시켜주었고, 공작은 자연히 탁자 곁 의자에 앉게 되었다. 공교롭게도 공작이 앉은 의자 바로 옆, 팔꿈치가 닿을락 말락 한 거리에 크고 아름다운 문제의 화병이 놓여 있었다.

열변을 끝낸 공작은 갑자기 자리에서 일어났다. 그러고는 아무 생각 없이 어깨를 으쓱하며 팔을 휘둘렀다…… 그리고…… 사람들의 비명이 터져 나왔다. 화병이 이쪽저쪽으로 기우뚱거리더니 독일 시인 쪽으로 기울어 바닥에 떨어져 박살이 났던 것이다. 도자기가 쨍그랑하고 깨지는 소리, 사람들의 놀란 비명, 양탄자 위에 흩어진 도자기 파편들…….

그때 공작의 표정과 몸짓이 어떠했는지는 묘사할 필요도 없으리라. 경악, 수치심, 혼란, 두려움 등이 그를 휘감았다. 하지만 정작 강하게 그를 사로잡은 것은 그런 감정들이 아니라, 자신의 예감이 적중했다는 사실에 대한 놀라움이었다. 그 생각이 왜 그토록 그를 강렬하게 사로잡은 것일까? 공작 자신도 그 이유를 명확히 설명할 수 없었다. 그는 한순간 경악, 거의 미신적인 경악에 사로잡혀 있었다. 그리고 곧이어 그의 눈앞에서 안개가 활짝 걷힌 것만 같았다. 그는 빛과 기쁨과 환희만을 의식했다. 그는 잠시 숨을 헐떡거렸지만 그것도 한순간이었다. 공작은 곧 숨을 가다듬고 주위를 둘러보았다.

한동안 공작은 자기 주변에서 왜 그런 소동이 일고 있는지 조금도 이해하지 못하는 것 같았다. 그는 분명히 모든 것을 분명히 보고 있었고 무슨 일이 일어났는지 이해하고 있었다. 하지만 그는 일종의 무감각 상태에 빠져서 자신이 보고 있는 것에는 아무 관심도 없는 것만 같았다. 그는 사람들이 깨진 화병 조각을 치우는 모습, 사람들이 나누는 대화를 그냥 무심코 지켜보고만 있었다.

그의 눈길이 문득 창백한 얼굴의 아글라야의 눈길과 마주쳤다. 그녀는 이상한, 정말로 이상한 눈길로 그를 뚫어져라 바라보고 있었다. 그녀의 눈길에는 조금만치의 증오도, 분노도 들어 있지 않았다. 그녀는 약간 겁먹은 듯한 표정이었지만 그 눈길에는 연민이 그득했으며, 다른 이들을 바라볼 때면 두 눈이 반짝반짝 빛났다. 그러자 갑자기 공작의 가슴에 부드럽고 감미로운 고통이 스며들었다. 이어서 그는 모든 사람들이 다시 자리를 잡고, 마치 아무 일도 없었다는 듯 웃고 있는 모습을 놀란 듯 바라보았다. 시간이 좀 흐르자 웃음소리도 커졌고 화석처럼 굳어진 공작의 모습을 보고 사람들은 다정하게 웃었으며 그에게 친절하게 말을 걸었다. 특히 리자베타는 그를 안심시키려 애를 썼으며 예판친 장군은 다정하게 그의 어깨를 두드렸다.

공작이 우물쭈물 더듬거리며 말했다.

"그러니까…… 여러분은…… 저를 용서해주시는 겁니까? ……그리고 리자베타 프로코피예브나 당신도?"

웃음소리가 더욱 커졌고 공작의 눈에 눈물이 고였다.

"아니, 인간 자체도 영원히 살지 못하는데, 화병 하나 깨진 것 같고 뭘 그래요? 화병이 아니라, 당신이 더 걱정이지요." 리자베타의 말이었다. 그러자 공작은 감동한 듯 말했다.

"그러면 모든 것을 다 용서해주시는 겁니까? 화병뿐만 아니라 저에 대한 모든 것을?"

그가 다시 자리에서 벌떡 일어나자 노관리가 그의 팔을 잡고 다시 의자에 앉혔다. 하지만 공작은 이미 흥분한 상태였다.

"아, 저는 지금 너무 행복해요. 여러분께 일일이 입을 맞추고 싶어요. 저는 정말 여러분의 너그러움에 감동했어요."

이어서 공작의 장광설이 또 시작되었다. 자신은 이곳에 들어올 때 자기 자신에 대해서 겁이 났다는 말을 필두로, 하지만 막상 여러분들을 보게 되니 정말 순박하고 현명한 분들을 만나게 되었음을 알게 되었다는 이야기, 여러분들에게서 미래의 희망을 보았다는 이야기를 했다. 그리고 자신이 두려워했던 것이

제4장

159

오히려 부끄러운 일이라는 것, 말을 하는 것이 옳다고 확신한다며 그는 장광설을 또 늘어놓기 시작했다.

"아, 여러분들께 모든 것을, 그래요, 모든 것을 설명하고 싶어요. 여러분들이 저를 이상주의자로 보고 있다는 것을 잘 알고 있어요. 웃으시는군요. 하지만 아니에요. 제게 사상이라는 게 있더라도 아주 단순하답니다. 저는 말에 지나친 가치를 부여하고 싶지는 않습니다. 모범을 보이고 실천하는 게 중요하지요…… 오, 한 인간이 진정으로 불행할 수 있을까요? 한 인간이 행복할 줄 안다면 슬픔이나 불운이 무슨 문제가 되겠어요? 저는 나무 옆을 지나가면서 그걸 보고 행복을 느끼지 못하는 사람을 전혀 이해할 수가 없어요. 사람도 나무와 같아요. 사람들과 이야기를 나누면서 '그를 사랑하는 행복'을 느끼지 못한다는 것을 이해할 수 없어요. 아, 제 생각을 제대로 표현할 수만 있다면! 제가 옮기는 발길마다 사랑스러운 것들과 마주쳐요. 저처럼 제아무리 비참한 사람일지라도 아름답다고 느낄 수밖에 없는 것들…… 어린아이를 보세요…… 하느님이 선물한 여명을 바라보세요…… 저 풀들을 바라보세요…… 당신을 사랑의 눈길로 응시하는 저 눈을 바라보세요."

그 말과 함께 그는 자리를 박차고 일어났다. 노관리는 약간 겁먹은 표정으로 그를 바라보고 있었다. 리자베타가 제일 먼저 사태를 파악하고 두 손을 맞잡으며 "오, 하느님 맙소사!"라고 소리를 질렀다. 아글라야는 재빨리 공작에게 달려가 두 팔로 공작을 감쌌다. 그녀는 두려움에 떨며 고통에 일그러진 얼굴을 한 채, 이 불행한 청년의 '뒤흔들린, 내동댕이쳐진' 영혼에서 나오는 비명을 들었다. 청년이 바닥에 쓰러질 때 누군가 때맞춰 머리에 베개를 받쳐주었다.

아무도 예기치 못한 그런 상황이 벌어진 지 30분도 되지 않아 손님들은 모두 떠나갔다. 벨로콘스키 공작 부인은 자리를 뜨며 리자베타에게 한마디 했다.

"좋은 사람 같기도 하고 나쁜 사람 같기도 하군. 하지만 굳이 내 생각을 말한다면 나쁜 쪽에 가까운 것 같아. 부인도 어떤 사람인지 잘 봤겠지? 저 사람은 환자야."

공작 부인의 말을 듣고 리자베타는 공작이 사윗감으로는 가망이 없다고 결론 내렸다. 그녀는 잠자리에 들면서 "내가 살아 있는 한 공작은 아글라야와 결혼할 수 없어"라고 다짐했다. 그녀는 아침에 눈을 뜨면서도 같은 생각이었다. 하지만 점심식사를 하는 도중 이 장군 부인은 그녀만의 독특한 모순되는 감정에 빠져들고 말았다.

제4장

161

식사 도중 아글라야는 언니들의 조심스러운 질문에 단호하게 딱 잘라 말했다.

"난 그 사람하고 약속한 거 아무것도 없어. 그를 내 남편감으로 생각한 적도 없어. 공작은 그냥 다른 남자들과 똑같은 남자일 뿐이야."

그러자 리자베타가 불끈 화를 내며 말했다.

"아니, 네가 그런 말을 하다니! 나도 그 사람이 네 남편감으로 적당하지 않다는 건 잘 알아. 하지만 네가 그렇게 말할 줄은 몰랐다. 너는 다른 식으로 말할 줄 알았어. 나는 어제 왔던 사람들을 모두 쫓아내더라도 공작만은 그대로 두었을 거다. 내가 보기에, 그는 그럴 만한 사람이야!"

부인은 자신이 내뱉은 말에 스스로도 놀라서 입을 다물었다. 오, 그 순간 그녀가 딸을 얼마나 오해하고 있었는지 알았더라면! 아글라야의 머릿속에는 이미 모든 것이 결정되어 있었다. 그녀 역시 그 시간이 오기를, 결정적인 시간이 오기를 기다리고 있었다. 그리고 그 문제에 관한 한 아무리 사소한 것일지라도, 그 어떤 부주의한 말, 그 어떤 암시도 그녀의 마음에는 깊은 상처를 남겼다.

제5장

다음 날 공작은 불길한 예감으로 하루를 시작했다.

공작은 꽤 늦은 시각에 잠에서 깨어났다. 어제 공작이 일으킨 발작은 경미한 것이었다. 약간의 우울증과 두통을 제외하면 머릿속은 지나칠 정도로 맑았다. 모든 것이 확실하게 기억나지는 않았지만 발작이 일어난 지 30분쯤 후에 집으로 돌아온 것은 생각났다.

몸과 머리는 개운했지만 그는 슬프고 고통스러웠다. 그의 마음속에는 오늘 뭔가 결정적인 일이 벌어질 것 같은 예감이 강하게 자리 잡고 있었다.

공작은 제일 먼저 문병 온 베라를 통해 예판친의 집에서 이미 사람들을 두 번이나 보내 안부를 물어왔다는 사실을 알게 되었다. 그 사실을 알고 공작은 기뻤다. 그런데 베라는 공작과 헤어지면서 무슨 이유에서인지 울음을 터뜨렸다.

오후가 되자 레베데프가 건강을 살핀다는 구실로 찾아왔다. 공작은 어제 일에 대해 이것저것 캐묻고 싶은 눈치였다. 레베데프가 간 후 이번에는 콜랴가 찾아왔다. 공작은 콜랴에게 어제 일을 상세하게 이야기해주었다. 그러자 콜랴가 느닷없이 수수께끼 같은 말을 했다.

"가냐도 바랴도 프티진도 다 소용없어요. 그 사람들과는 이제 더 이상 이러쿵저러쿵 얘기를 나누지 않겠어요. 지금 이 시각부터 당신과 나는 다른 길을 걸을 거예요. 이제 어머니도 내가 직접 모실 거예요."

콜랴는 일어나기 직전에 또 이런 말도 했다.

"뭐, 다른 일은 없지요? 어제 들은 이야기가 있어서…… 어쨌든 무슨 일에서건 믿을 만한 사람이 필요하면 제가 곁에 있다는 걸 잊지 마세요. 당신이나 나나 우리 둘 다 불행해요. 그렇지 않나요? 하지만…… 더 이상 묻지 않겠어요……."

콜랴가 나가자 공작은 더없이 깊은 생각에 잠겼다.

'왜 주변 사람들이 모두 나의 불행을 예견하고 있기나 한 것처럼 행동하는 거지? 모두 무슨 결론이라도 난 것 같은 모습이고, 나만 모르는 그 무언가를 알고 있는 것처럼 굴지? 레베데프는 꼬치꼬치 묻고, 콜랴는 직접적으로 나보고 불행하다고 하고, 베라는 눈물을 보이고…….'

마침내 공작은 그런 생각을 몰아내기라도 하듯 짜증을 내며 손을 내저었다.

'이게 모두 내가 병적으로 의심을 해서 그런 거야.'

오후 2시쯤 되자 예판친 가족들이 들렀다. 말 그대로 잠깐 들른 것이었다. 우리들이 능히 짐작할 수 있듯이 리자베타가 밑도 끝도 없이 제안했고 가족들이 그 제안을 따른 것이다.

공작이 어제 일을 사과하자 리자베타가 그를 안심시키며 이렇게 말을 맺었다.

"지금 이 자리에서 당신 잘잘못을 따질 사람은 아무도 없어요. 건강이 회복되면 언제고 놀러 와요. 앞으로 무슨 일이 일어나더라도 당신은 변함없는 우리 집안의 친구라는 사실을 잊지 말아요. 최소한 나는 그럴 거예요. 나는 내 말에 책임을 지는 사람이에요."

그들은 곧 공작의 집을 떠났다. 그동안 아글라야는 아무 말이 없었고, 들어올 때와 나갈 때 가볍게 미소를 지었을 뿐이었다. 그들이 가고 나자 공작은 저녁때 그들 집에 가봐야겠다고 마음먹었다.

그들이 나가고 나서 정확히 3분 후에 베라가 들어왔다.

"공작님, 방금 아글라야가 당신께 살짝 말씀 좀 전해달라고 했어요."

공작은 몸을 떨기 시작했다.

"쪽지를 남겼어?"

"아뇨. 황급히 몇 마디 말만 남겼어요. 당신께 오늘 하루 종일 집에만 있으라고 전해달랬어요. 저녁 7시던가, 아니면 9시던가, 아무튼 그때까지 아무 데도 가지 말고 꼼짝하지 말라고요. 시간을 정확히 듣지 못했어요."

공작은 영문을 알 수 없었다. 베라가 나간 뒤 공작은 소파에 누워 생각에 잠겼다.

'아마 그때쯤 그 집에 손님들이 오는 모양이지? 내가 손님들 앞에서 또 무슨 일이나 저지를까봐 걱정하는 걸 거야.'

그런데 그 의문은 저녁이 되기 훨씬 전에 풀렸다. 하지만 그 해답은 그에게 더 풀기 어려운 수수께끼를 남겼을 뿐이었다.

예판친 가족들이 떠난 지 30분 정도 지났을 때 이폴리트가 한마디도 하지 못할 정도로 기진맥진해서 공작을 찾아왔다. 그는 한동안 안락의자 위에 쓰러져 기절이라도 할 듯이 기침을 해댔다.

겨우 기침이 멎자 그가 말했다.

"당신에게 할 말이 있어서 찾아왔습니다…… 그렇지 않다면 이렇게 당신을 귀찮게 할 리가 없지요…… 정말 나는 이제 갈 때가 되었어요. 오늘 아침부터 '그 순간'이 오기를 기다리며 꼼짝 않고 누워 있었어요. 하지만 마음을 바꿔먹고 자리에서 일어나 당신을 만나러 온 겁니다…… 와야만 했어요."

"아니, 그런 몸으로…… 차라리 나를 부르지 그랬나?"

"아이고, 그런 상류사회 인사치레는 그만하시고…… 몸은 좀 어때요? 나도 어제 이야기는 들었어요. 그건 그렇고 일이 있어서 들른 겁니다. 우선 오늘 가냐와 아글라야가 그 초록색 벤치에서 만나는 걸 구경하는 즐거운 일이 있었지요. 사람이 어느 정도까지 짐승이 될 수 있는 건지…… 가냐가 떠난 후 아글라야에게 그 말을 해줬어요…… 그런데 공작, 어째서 조금도 놀라지 않는 거지요? 하긴 뛰어난 지혜를 가진 사람은 웬만한 일에는 놀라지 않는 법이지…… 어찌 보면 바보 같다는 말과 일맥상통하는 것 같기도 하고."

"나는 어제 알았어. 가냐가……." 공작이 더듬거렸다.

"아니, 알고 있었다고요? 이거야말로 토픽감이로군! 아니,

어떻게 알았다는 거지요? 당신도 숨어서 지켜보고 있었나?"

"자네가 그 자리에 있었다면 내가 없었다는 사실은 잘 알 거 아닌가?"

"글쎄, 숲속 어디엔가 숨어 있을 수도 있고…… 난 아글라야가 가냐에게로 돌아선 줄 알았지……."

"내게 그런 식으로 이야기하지 말아줘. 자, 하려던 이야기를 더 해주게."

"어쨌든 사람을 그런 식으로 너무 믿지 말아요. 특히 가냐와 바랴를…… 그건 당신 생각에 맡기기로 하고…… 하긴 끝난 일이기도 하지. 당신 나도 오늘 아글라야와 그 벤치에서 약속이 있었다는 걸 모르지요? 내가 왜 거길 갔는지 말해주지요. 나는 아글라야와 나스타시야의 만남에 관해 아글라야와 상의하기 위해 거기 간 겁니다."

"나스타시야!" 공작이 놀라서 소리쳤다.

"아, 이제야 좀 흥분하는군요. 당신이 좀 사람 같아 보여 반갑네요. 암튼 내가 아글라야를 나스타시야와 만나게 주선했어요. 바로 오늘 만납니다. 나스타시야가 오늘 페테르부르크에서 일부러 여기까지 왔어요. 그녀는 지금 로고진과 함께 여기서 그리 멀지 않은 곳, 그러니까 다리야 알렉세예브나 부인 집에 있습니다. 그리고 바로 오늘 아글라야가 친구 사이의 대화라는 명목으로 그 집에 간다는 말입니다. 당신 정말 몰랐나요?"

"그럴 리가!"

"암튼 사실이니까…… 어쨌든 내가 제일 먼저 당신에게 알려 줬으니 고마워해야 합니다. 자, 이만 가봐야겠어요. 자, 서둘러요. 그리고 어떻게든 해봐요. 당신이 인간이라는 소리를 들으려면 말입니다. 오늘 저녁에 둘이 만납니다."

말을 마치자 이폴리트는 밖으로 나갔다. 아글라야가 왜 공작에게 집에만 있으라고 했는지 그 이유가 밝혀진 셈이다. 공작은 머리가 핑핑 돌았다. 그는 소파에 누워 눈을 감았다.

이제 어떤 식으로건 문제가 마침내 결말이 날 판이었다.

그렇다. 그는 아글라야를 얌전한 아가씨나 인습적인 숙녀로 생각해온 적은 없었다. 그는 그녀가 뭔가 이런 식의 돌발적인 일을 벌이지나 않을까 오래전부터 자신이 불안해왔음을 느꼈다. 하지만 도대체 무엇 때문에 아글라야가 나스타시야를 만나려는 것일까? 공작은 온몸이 와들와들 떨려왔다. 열병이 그를 다시 사로잡았다.

그렇다. 그는 그녀를 어린아이로 생각해본 적은 없었다. 최근에는 그녀의 시선이나 말 한마디에서 감동을 받은 적도 많았고, 그녀가 보이는 엄청난 자제력에 두려움을 느낀 적도 많았다. 그리고 요 며칠 내내 자신을 짓누르는 무거운 생각에서 벗어나려고 애를 써왔다.

'도대체 저 영혼 속에 무엇이 감추어져 있단 말인가?'

공작이 자신에 대한 그녀의 사랑을 결코 의심하지 않았음에도 불구하고, 그 의문은 오랫동안 그를 괴롭혀왔다. 그리고 이제 그 모든 것이 밝혀지게 될 것이다! 오오, 이 얼마나 끔찍한 일인가! 그리고 또다시 '그 여인'이라니! 그는 왜 항상 그녀가 결정적인 순간마다 숙명적으로 등장해서, 자신의 운명을 마치 썩은 동아줄처럼 잘라버릴 것처럼 느껴왔던 것일까? 지금 그는 비록 반쯤은 혼미한 상태에 있었지만 늘 그런 느낌을 갖고 있었다고 분명히 맹세할 수 있었다.

최근 들어 그가 내내 그녀를 잊으려 했던 것은 그녀가 두렵기 때문이었다. 그는 그녀를 사랑하는가, 아니면 증오하는가? 오늘 그는 한순간도 그런 질문을 하지 않았다. 그의 마음은 더없이 순수했다. 그는 자신이 누구를 사랑하는지 알고 있었다. 그가 두려워하는 것은 이 만남 자체도, 이 만남의 야릇함도, 자신도 알 수 없는 이 만남의 이유도 아니었다. 그의 두려움의 대상은 바로 나스타시야 필리포브나 자신이었다. 그는 열에 들떠 정신이 혼미해 있던 그 시간 내내 자신에게 그녀의 눈과 시선이 보였고, 그녀의 목소리, 이상한 말들이 들려왔었음을 나중에 또렷이 기억해냈다. 하지만 그녀가 무슨 말을 했는지는 거의 기억나지 않았다. 그가 기억해낼 수 있는 것은 고작 베라가 저녁을 갖다주었고 그가 식사를 했다는 사실뿐이었다. 식사 후에 잠을 잤던가? 그것도 기억이 나지 않았다. 그는 다만 아글라야가 테라스에 나타난 이후에야 모든 것을 또렷하게 감지하기 시작했다.

그녀의 모습을 보자 그는 튕기듯 자리에서 일어났다. 7시 15분이었다. 그녀는 가벼운 옷차림에 외투를 걸치고 있었다. 얼굴은 평소와 마찬가지로 창백했지만 두 눈은 생기가 있으면서도 메마르게 빛나고 있었다. 공작은 그녀의 그런 눈빛을 본 적이 없었다. 그녀는 주의 깊게 그를 바라보며 침착한 목소리로 말했다.

"준비가 다 되어 있군요. 옷도 입고 모자도 손에 들고 있으니…… 미리 알고 있었군요. 누군지 알 만해요. 이폴리트지요?"

"그래요. 그가……." 사색이 된 공작은 더듬더듬 말했다.

"좋아요, 가요. 당신이 꼭 나와 함께 가야 한다는 건 알지요? 외출 정도는 할 수 있을 것 같은데, 안 그래요?"

"기력은 있지만…… 정말 이런 일이 어떻게……."

하지만 그는 곧 입을 다물고 그녀의 뒤를 마치 노예처럼 뒤따랐다. 그가 가지 않으면 그녀 혼자라도 갈 것이 확실한 마당에 더 이상 말이 필요 없었다. 그는 결코 그녀를 혼자 그곳에 보낼 수는 없었다.

그들이 다리야 부인의 집에 다다르자 기다리고 있던 로고진이 나와 그들을 안으로 맞아들였다. 그가 공작에게 말했다.

"집 안에 우리 네 사람밖에 없네. 다리야 부인은 딸과 함께 외출했어."

방에서 나스타시야가 간소한 검은색 옷을 입고 세 사람을 기다리고 있었다. 그녀는 몸을 일으키기는 했지만 얼굴에서 미소는 찾아볼 수 없었으며 심지어 공작에게 손을 내밀지도 않았다. 그녀는 초조한 눈빛으로 아글라야를 바라보고 있었다.

그들 사이에 잠시 침묵이 흘렀다. 이윽고 아글라야가 입을 열었다. 아주 낮은 목소리였다.

"내가 왜 당신을 보자고 했는지 알 거예요."

"아니, 난 아무것도 몰라요." 나스타시야가 차갑게 대답했다.

아글라야가 얼굴을 붉혔다. 순간, 자신이 '이 여자와 함께' 바로 '이 여자의 집'에 있다는 사실이 믿기지 않는 듯했다.

"당신은 모든 걸 알고 있으면서 모르는 척하는군요." 아글라야가 나스타시야에게서 눈길을 떼지 않은 채 여전히 낮은 목소리로 말했다.

"내가 뭣 때문에 그러겠어요?" 나스타시야가 피식 웃었다.

"당신은 지금 내 처지를…… 내가 당신 집에 있다는 상황을 이용하려 하고 있어요."

"당신이 이 집에 있게 된 게 내 잘못인가? 당신 잘못이지!" 갑자기 나스타시야가 벌컥 화를 냈다. "내가 당신을 초대한 게 아니라 당신이 나를 초대한 거잖아요. 난 아직도 영문을 모르고 있어요."

아글라야가 오만하게 고개를 쳐들고 말했다.

"말을 삼가세요. 말이라는 무기는 당신이 나보다 훨씬 잘 다루니까…… 난 당신과 말싸움을 하러 온 게 아니에요."

"아, 그러니까, 당신은 싸움을 하러 온 거라 이 말이로군요. 오호라, 당신이 나보다 똑똑하니까……."

두 여인은 적의를 감추지 않은 채 서로를 노려보고 있었다. 두 여인 중 한 명은 다른 한 명에게 편지를 보냈던 사이였음을 우리는 알고 있다. 하지만 둘이 만나 첫마디를 나누자마자 그 편지에서 보여주었던 감정들은 모두 산산조각 나버렸다. 그런데 그 순간 이 방에 모인 네 사람 중 아무도 그 상황을 이상하게 생각하는 사람은 없는 것 같았다. 어제까지만 해도 이런 일이 있으리라고는 꿈에서조차 생각하지 못했던 공작마저도 마치 이런 일을 예감하고 있었다는 듯 그냥 상황을 지켜보고만 있었다. 가장 터무니없는 꿈이 느닷없이 생생한 현실로 탈바꿈한 것 같았다.

아글라야가 마음을 다잡고 말했다.

"나는 싸우려고 온 게 아니에요. 나는…… 나는 당신과 인간적인 대화를 하려고 온 거예요. 나는 당신 편지에 직접적인 답을 해주고 싶었어요. 그러니 내 답을 끝까지 들어주었으면 해요. 나는 레프 니콜라예비치 공작을 처음 알게 되자마자 그리고 당신들의 파티에서 벌어진 일을 알게 된 이후로 공작을 동정하게 되었어요. 공작이 너무 순진하고, 또 너무 단순해서 그런…… 그런…… 성격의 여자와 결혼해도…… 행복할 것이라고 그가 믿고 있었기 때문이에요. 그런데 내가 염려하던 일이 벌어졌어요. 당신은 그를 사랑할 수 없었고 그를 고통스럽게 했어요. 그리고 그를 버렸어요. 당신이 지나치게 교만해서 벌어진 일이에요. 아니…… 내가 잘못 말했어요. 교만한 게 아니라…… 당신은 허영심이 강했던 거예요. 아니, 그것도 정확한 말이 아닌지 몰라요. 당신은, 당신은 거의 광적일 정도로……
이기적이에요. 당신이 내게 보낸 편지가 그 증거예요. 당신은
그처럼 순진한 사람을 사랑할 수 없어요. 아마 속으로는 그를
경멸하거나 비웃었을 거예요. 당신은 당신의 치욕만을 사랑하
고 있어요. 자신이 수치스러운 존재라는 생각, 누군가 끊임없이
자신을 욕보이고 있다는 그 생각만 소중히 간직하고 있을 뿐이
지요."

아글라야는 자신이 오래전부터 생각해왔던 말들, 그러나 나
스타시야 앞에서 실제로 하게 되리라는 기대는 꿈에서조차 하
지 않았던 말들을 한 후 마치 자신이 한 말의 효과를 가늠하듯
나스타시야의 얼굴을 바라보았다. 그녀는 자신의 말에 흡족해
하는 것 같았다.

아글라야는 말을 이었다.

"공작이 내게 편지를 보냈다는 거 알고 있지요? 공작 말로는
당신이 읽어보기도 했다던데…… 그 편지를 받자마자 나는 모
든 걸 다 이해할 수 있었어요. 모든 걸 다…… 바로 얼마 전에
공작이 자기 자신의 입으로 지금 내가 말한 것을 다 확인해주
었고…… 편지를 받은 후 나는 기다렸어요. 나는 당신이 페테
르부르크로 오리라는 걸 알았어요. 당신은 너무 젊고 미인이라

서 시골에서 지낼 수 없으니까요…… 게다가 이건 나만의 생각이 아니에요." 이 말을 하면서 아글라야는 얼굴을 붉혔다. 그리고 말을 마칠 때까지 홍조는 사라지지 않았다. "내가 공작을 다시 보았을 때 그의 처지가 되어 고통을 함께 느꼈고 모욕감까지 느꼈어요. 웃지 말아요. 만일 당신이 나를 비웃는다면 당신은 내 말을 이해할 자격이 없는 거예요……."

"보다시피 난 웃고 있지 않아요." 나스타시야가 심각하면서도 슬픈 어조로 말했다. 그러자 아글라야가 다시 말을 이었다.

"어쨌든 상관없으니 웃고 싶으면 마음껏 웃어요. 내가 공작에게 물어보니까 그는 이미 오래전부터 당신을 사랑하지 않는다고 했어요. 당신을 생각만 해도 고통스럽다고…… 다만 당신을 동정할 뿐이라고…… 한 가지 더 말하지요. 공작은 그 누구보다 고결하고 순수하며 사람을 신뢰하는 사람이에요. 누구라도 그를 속일 수 있으며, 그는 자기를 속인 사람이 그 누구이든 용서해줄 수 있는 사람이에요. 나는 그 때문에 그를 사랑하게 된 거예요."

아글라야는 잠시 말을 멈추었다. 자신이 그런 말을 할 수 있었다는 사실에 대해 스스로 대견해하는 것 같았다. 그녀는 호흡을 고른 후 다시 말했다.

"자, 이제 모든 걸 다 털어놨어요. 이제 내가 당신에게 뭘 원하는지 알겠지요?"

"뭔가 알 것도 같네요. 어디, 당신 입으로 직접 말해보지요." 나스타시야가 나지막하게 대답했다. 아글라야의 얼굴이 분노로 달아올랐다. 그녀가 단어 하나하나를 끊어가며 단호한 어조로 말했다.

"당신에게 묻고 싶어요. 도대체 무슨 권리로 나를 향한 공작의 감정에 간섭하는 거지요? 무슨 권리로 내게 그런 편지를 쓴거지요? 도대체 무슨 권리로 말끝마다 공작을 사랑하고 있다고 나와 공작에게 공공연히 밝히는 거지요? 공작을 버리고 달아난 주제에……."

"나는 공작을 사랑한다고 당신이나 공작에게 밝힌 적이 없어요." 나스타시야는 힘겹게 말했다. 그런 후 들릴락 말락 하게 덧붙였다. "맞아요…… 당신 말이 다 맞아요…… 난 그를 버렸어요……."

그러나 아글라야가 가차 없이 몰아붙였다.

"아니, 밝힌 적이 없다고요? 그렇다면 그 편지들은 도대체 뭐지요? 누가 당신에게 우리 사이 중신을 서달라고 부탁이나 했던가요? 내가 공작에게 혐오감을 품고 그를 차버리라고 쓴

제5장

177

거 아닌가요? 왜 그따위 웃기는 편지를 보내는 대신 조용히 떠나지 못하는 거지요? 하긴 예브게니가 당신에 대해 한 말이 있긴 하지. 시를 너무 많이 읽었고, 당신 처지에 비해 아는 게 너무 많다고…… 게다가 손끝에는 물 한 방울 안 묻히는 여자라고…… 거기다 허영심까지 보태면 당신 모습이 훤히 그려지는 거지."

"아니, 그런 당신은 뭐 부지런한 사람인가요? 당신도 게으르게 살긴 마찬가지 아닌가요?"

이제 둘 사이의 논쟁은 난폭한 싸움으로 변할 기세였다. 그 모습을 바라보고 있는 공작의 눈에 공포의 빛이 떠올랐다.

"아니, 나한테 어떻게 그런 식으로 말할 수 있지?" 아글라야가 사납게 말했다. 그러자 나스타시야가 놀라서 되물었다.

"내 얘길 잘못 들은 것 같군요. 내가 어떤 식으로 말했다는 거지요?"

그러자 아글라야가 느닷없이 엉뚱한 이야기를 끄집어냈다.

"그래, 만일 당신이 순결한 여자라면 왜 그 난봉꾼 토츠키를 걷어차지 않은 거지? 그따위 극장식 연극이나 하고……."

"도대체 내 입장에 대해 뭘 안다고 이러쿵저러쿵 심판을 하는 거야?" 나스타시야가 새파랗게 질린 채 부들부들 떨면서 말했다.

"난 당신이 일을 하기 위해서가 아니라 로고진 옆에서 타락한 천사(악마)가 되기 위해 떠났다는 걸 알아. 토츠키가 그런 타락한 천사에게서 벗어나기 위해 권총 자살을 해도 놀랄 일이 아니지!"

두 여자는 자리를 박차고 일어나 창백한 얼굴로 서로를 쏘아보았다.

"아글라야, 그만 해요! 당신 말은 옳지 않아요!" 공작이 정신이 나간 듯 소리쳤다. 로고진조차 미소를 거두고 팔짱을 낀 채 입술을 깨물고 있었다.

나스타시야가 분노로 치를 떨며 외쳤다.

"아니, 이 여자 좀 보시지! 이 교양 있는 아가씨를! 내가 저런 여자를 천사로 여겼다니! 어이쿠, 귀한 분께서 몸종도 없이 어찌 행차를 하셨나! 당신이 여기 왜 왔는지…… 내가…… 한 마디도 과장 없이…… 똑바로 말해줄까? 당신이 왜 왔을까? 겁이 났던 게지! 그래서 온 거야!"

"겁이 나? 당신이?" 나스타시야가 갑자기 드세게 나오자 아글라야는 놀라서 자신도 모르게 되물었다.

"물론이지! 내가 겁났던 거야! 나를 찾아올 생각을 했다는 것 자체가 나를 두려워했다는 뜻이야! 두려워하는 사람을 그렇게 경멸하면 안 되는 거야! 내가 조금 전까지도 당신을 높이 봤다는 걸 생각해보라고! 그런데 왜 나를 두려워했는지, 당신이 최종적으로 확인하고자 했던 게 뭔지 당신은 알고 있나? 당신은 저 사람이 우리 둘 중 누구를 더 사랑하는지 알고 싶었던 거야! 당신은 질투심이 강하니까……."

"공작은 내게 당신을 증오한다고 했어!" 아글라야가 겨우 더듬거리며 말했다.

"그래, 나는 증오를 받을 만해. 아니, 그럴 가치조차 없을 수도 있어…… 다만…… 다만 당신은 거짓말을 한 거야. 저 사람이 그런 말을 했을 리 없어. 그는 나를 증오할 수 없을 뿐 아니라 그런 말을 할 사람이 아니야. 하지만 나는 당신을 용서해줄 수 있어…… 당신의 입장을 생각해서…… 난 당신에 대해 좋은 생각을 갖고 있었어. 보다 현명하고 보다 아름답고…… 좋아…… 당신의 보물을 가져가요…… 여기 있으니까…… 저렇게 당신을 보고 있군…… 정신을 차릴 수도 없을 지경이로군…… 자, 가져가요…… 하지만 한 가지 조건이 있어. 지금 당장 여기서 꺼져! 지금 당장!"

나스타시야는 안락의자에 털썩 주저앉더니 눈물을 흘리기

시작했다. 그런데 갑자기 그녀의 눈이 빛나기 시작했다. 그녀는 아글라야를 뚫어지게 바라보다가 자리에서 벌떡 일어났다.

"정 원한다면 저 사람에게 지금 직접 명령할 거야! 알아들어? 내가 명령을 하기만 하면 저 사람은 곧장 너를 걷어찰 거야. 영원히 내 곁에 머물 거고 나와 결혼할 것이며 너는 혼자 네 집으로 돌아가게 될 거야…… 그래 볼까? 그래 볼까?" 그녀는 마치 미친 듯 외쳐댔다. 그녀 스스로도 자신이 그런 말을 할 수 있었다는 게 믿어지지 않는 것 같았다.

아글라야는 놀라서 문을 향해 뛰쳐나가려다 얼어붙은 듯 그 자리에 멈춰 섰다. 그리고 나스타시야의 고함에 가까운 말에 귀를 기울였다.

"너는 내가 로고진 뒤를 쫓아다니길 바라지? 네 맘에 쏙 들도록 로고진과 결혼하길 바라지? 자, 네 앞에서 큰 소리로 말하겠어. '자, 썩 꺼져, 로고진!' 그리고 공작에게 말하겠어. '당신 내게 해준 말 기억나?' 아니, 내가 지금까지 이 사람들 앞에서 왜 이렇게 겸손했던 거지? 공작, 당신 나와 결혼하겠다고 약속했었지? 내게 무슨 일이 벌어지더라도 나를 떠나지 않겠다고 약속했었지? 당신은 나를 사랑하고 나를 용서한다고, 나를 존중한다고 분명히 말했었지? 그래, 당신은 분명히 말했어. 나는 당신을 자유롭게 해주기 위해 당신을 떠났어! 하지만 지금은 아니야! 저 여자가 왜 나를 방탕한 여자 취급하는 거지? 내가 그런 여자인지 아닌지 로고진에게 물어봐! 그가 다 말해줄 거야! 저 여자가 나를 진흙탕에 처박았는데, 그런데도 당신은 저 여자와 팔짱을 끼고 나갈 거야? 그러면 저주받을 거야! 난 오로지 당신만을 믿어왔으니까! 로고진, 이제 당신은 필요 없어!"

그녀는 거의 정신이 나간 듯 고함을 지르고 있었다. 그녀의 말들은 그녀의 가슴속에서 힘겹게 나오는 것 같았으며, 그녀의 입술은 바싹바싹 타고 있었다. 분명 그녀는 자신의 호언장담에 대해 조금만치의 신념도 갖고 있지 않았다. 하지만 그녀는 그러한 자기기만의 순간을 단 1초 만이라도 연장하고 싶었다. 그녀는 발작이 극에 달해 곧 죽을 수도 있을 것 같았으며 적어도 공작의 눈에는 그렇게 보였다.

마침내 그녀는 아글라야를 향해 소리쳤다.

"자, 봐! 저 사람이 당장 내게 오지 않는다면, 너 대신 나를 택하지 않는다면, 좋아, 냉큼 데려가! 양보할게. 그런 사람은 필요 없으니까!"

그녀와 아글라야는 거의 정신없는 눈길로 공작을 동시에 바라보았다. 아마, 아니 분명히, 공작은 이 도전, 이 내기가 무엇

을 의미하는지 이해할 수 없었다. 그에게는 오로지 한 미친, 절
망적인 얼굴만이 보일 따름이었다. 언젠가 아글라야에게 말했
듯이 그에게 언제나 비통한 느낌을 주었던 바로 그 얼굴이! 공
작은 더 이상 참을 수 없었다.

"어떻게 이럴 수가!" 그는 나스타시야를 가리키며 애원과 원
망이 뒤섞인 목소리로 아글라야에게 말했다. "이 사람은……
이 사람은…… 정말 불행한 여자인데……."

그는 순간 아글라야의 무시무시한 눈길에 입을 다물고 말았
다. 날카로운 고통과 무한한 증오가 담긴 눈길이었다. 공작은
서둘러 아글라야에게 달려가려 했지만 이미 때는 늦은 뒤였다.
공작의 잠시 동안의 망설임, 그것을 아글라야는 참아낼 수 없
었던 것이다. 그녀는 "맙소사!"라고 외치며 방에서 뛰쳐나갔다.
로고진이 현관문을 열어주려고 뒤를 따라 뛰어갔다. 공작도 따
라서 뛰어나가려는 순간 누군가 그의 손을 잡았다. 바로 나스
타시야였다.

"당신, 저 여자를 쫓아가는 거야? 저 여자를?"

그런 후 그녀는 의식을 잃고 공작의 팔 안에 쓰러졌다. 공작
은 그녀를 안고 방 안으로 들어가 안락의자에 눕혔다. 로고진
도 방 안으로 들어왔다. 잠시 후 눈을 뜬 그녀가 주위를 둘러보

더니 공작에게 달려들며 느닷없이 소리를 질렀다.

"이 사람은 내 거야, 내 거! 그 건방진 아가씨는 간 거지?"

그녀는 히스테릭한 웃음을 터뜨렸다.

"호호호, 내가 당신을 그녀에게 내주려고 하다니! 왜? 도대체 무슨 이유로? 미쳤지! 내가 미쳤어! 로고진, 당신은 꺼져, 호호호!"

로고진은 공작과 나스타시야를 바라보다가 아무 말 없이 모자를 움켜쥐고 밖으로 나갔다. 얼마 후 공작은 나스타시야 옆에 앉아 두 손으로 그녀의 얼굴과 머리를 마치 어린아이에게 해주듯 쓰다듬어주었다. 그녀가 웃으면 함께 웃어주었고 그녀가 눈물을 보이면 함께 울어줄 준비가 되어 있었으며 무슨 뜻 모를 이야기를 그녀가 중얼거려도 그는 잔잔한 미소를 띠고 들어주었다.

제6장

그 사건이 있은 지 2주일이 지나갔다. 그 2주 동안에 우리의 등장인물들의 상황이 많이 바뀌어 그에 대한 별도의 설명이 있어야 우리의 이야기를 이어갈 수 있을 것이다.

2주 후, 그러니까 7월 초에 우리의 두 주인공이 겪었던 일은 사람들 입을 거치고 거쳐 도시 전체로 퍼져나갔다. 그들에게 그 일화는 이상하면서 흥미로운 일이었고, 있을 수 없는 일이면서 동시에 거의 틀림없는 일이기도 했다. 파블롭스크의 사람들은 모두 다음과 같이 수군거렸다.

어느 공작이 명망 있는 가문의 규수와의 결혼을 앞두고 있다가 어느 평판이 아주 좋지 않은 여자에게 반했다. 그는 약혼녀를 차버린 후 대중들의 분노에 개의치 않고 그 창녀와 곧 결혼식을 올리려 한다.

사람들의 호기심을 자극하기에 충분한 스캔들이었다. 호사가들은 그 명백한 사실에 온갖 해석을 덧붙여 유포시켰고 소문은 증폭되었다. 그 호사가들의 해석에 따르면 공작은 좋은 가문 출신이며 꽤 부자였지만 바보였다. 그런데 그는 민주주의자였으며 투르게네프가 『아버지와 아들』에서 소개한 바 있는 현대판 니힐리즘에 완전히 빠져 있었다. 그는 예판친 장군의 딸들 중 한 명에게 반해서 약혼을 하는 데 성공했다.

호사가들은 예판친 장군 집에서 열렸던 파티에 대해서도 한마디씩 했다. 공작은 약혼녀의 부모에게 성대한 만찬을 열게한 뒤 그 자리에서 저명한 인사들을 만났다. 그는 그 만찬을 모든 사람에게 자신의 의견을 발표할 기회로 삼으려 노리고 있었다. 그는 그 자리에서 덕망 높은 신사들을 욕보이고 공공연히 파혼을 선언했다. 그를 쫓아내라는 명령에 달려온 하인들과 옥신각신하다가 그는 아주 귀중한 중국산 도자기를 깨뜨렸다.

혹은 이렇게 말하는 이도 있었다. 그 무분별한 젊은이는 장군의 딸을 정말 사랑했다. 하지만 자신이 빠져 있는 니힐리즘의 원칙에 충실했기에 그녀와 파혼을 했다. 그는 당시 부끄러운 행적의 한 여자를 사랑하고 있었다. 그는 그 창녀와 결혼함으로써 신분적으로 고결한 여자나 창녀 사이에는 차이가 없음을 증명하고 싶었다. 아니, 둘 사이에 차이가 있을 수도 있다. 하지만 그 경우 더 우월한 쪽은 창녀다. 많은 것이 석연치 않은 채 남아 있었지만 파블롭스크의 사람들은 대개 이 견해를 받아들였다. 그리고 많은 사람이 분개했음에도 불구하고 그 창녀와의 결혼식은 공개적으로 거행될 예정이었다.

그 사건과 관련된 수많은 해석과 억측을 일일이 소개할 필요는 없다. 하지만 결혼 날짜가 실제로 7월 초로 잡혔다는 것, 공작이 레베데프에게 결혼식에 필요한 경비의 담당을 일임했으며 켈레르가 공작의 들러리를, 부르도프스키가 나스타시야의 들러리를 맡기로 한 것은 명백한 사실이었다. 그리고 무엇보다 나스타시야가 서둘러 결혼식을 거행하자고 재촉했다는 사실도 빼놓을 수 없다.

공작과 나스타시야가 결혼하기로 했다는 사실에 그 누구보다 독자 여러분이 놀랄 것이기에 당시 공작의 행태에 대해 조금은 이야기를 해주어야겠다.

우선, 사람들에게 결혼에 대한 모든 일을 위임해놓은 바로 그날부터 공작은 자기가 곧 결혼하리라는 사실을 거의 잊다시피 했다는 사실이다. 그렇다면 그때 그는 무슨 생각을 하고 있

제6장

187

었을까? 무엇을 기억하려 했고, 무엇을 기대하고 있었던 것일까? 다시 말하지만 결혼을 먼저 제안한 것도, 결혼을 재촉한 것도 나스타시야였음은 의심의 여지가 없다. 그는 마치 대수롭지 않은 물건을 달라는 부탁이라도 들어주듯 아무렇지도 않게 그 제안을 받아들였다. 그 외에도 우리가 이상하게 생각할 일들이 아주 많았지만 일일이 소개하다가는 공작이 무슨 생각이었는지 명확하게 밝혀주기보다는 더 모호하게만 만들어주는 예들일 뿐이다. 하지만 한 가지 예는 들어보기로 하자.

2주 동안 공작은 내내 나스타시야 곁에 있었다. 그녀는 공작과 함께 산책을 했으며 음악회에 갔다. 그녀가 잠시라도 보이지 않으면 공작은 걱정에 휩싸였다. 그 사실로 미루어 공작이 나스타시야를 사랑한다는 점에는 의심의 여지가 없는 것 같았다. 그는 잔잔한 미소를 머금으며 그녀의 말에 조용히 귀를 기울였다.

그런데 그사이 공작은 몇 차례 예판친가에 들렀다. 그리고 그 사실을 나스타시야에게 숨기지 않았다. 나스타시야는 그 사실을 알 때마다 절망에 빠졌다. 예판친네 사람들은 파블롭스크를 떠날 때까지 공작을 받아들이지 않았으며 아글라야와 만나게 해달라는 그의 청을 거절했다. 그는 그럴 때마다 아무 말 없이 발길을 돌렸다. 하지만 다음 날이면 언제 거절을 당했냐는 식으로 또 그 집에 찾아가곤 했다.

지나는 김에 이 말도 해야겠다. 아글라야는 그날 나스타시야의 집에서 뛰쳐나온 후 집으로 곧장 가지 않고 바랴의 집으로 갔다. 눈물을 흘리는 그녀에게 가냐가 사랑을 고백했다. 그러자 눈물을 흘리던 그녀는 갑자기 폭소를 터뜨렸다. 그리고 즉석에서 그에게 이상한 질문을 했다. 자신의 사랑을 증명하기 위해 지금 당장 촛불에 손가락을 지질 수 있느냐고 물은 것이다. 가냐가 얼떨떨한 모습을 보이자 그녀는 마치 히스테리에라도 빠진 듯 웃어젖히다가 그의 앞을 빠져나왔다.

위의 예들은 아무런 설명도 덧붙이지 않은 사실이다. 하지만 우리는 독자 여러분에게 공작을 옹호하고 싶은 생각이 조금도 없다. 그보다는 공작이 그와 가까운 사람들에게조차 불러일으켰던 분노에 공감하고 싶다. 그토록 공작을 따랐던 레베데프의 딸 베라도 한동안 분개했고 콜랴도 분개했다. 우리의 심정은, 그 사건이 발생한 후 1주일 정도 지났을 때 공작을 찾아온 예브게니의 말에 아주 가깝다고 할 수도 있다. 그의 말에는 심리학적인 깊이가 있었다.

예브게니는 예판친 가족이 파블롭스크를 떠나 페테르부르크에서 20킬로미터 정도 떨어진 그들의 영지 콜미나로 떠났다는 소식을 공작에게 전하기 위해 공작을 찾아왔다.

예브게니는 그 소식을 전한 후 공작에게 단도직입적으로 물었다. 물음이라기보다는 거의 힐책에 가까웠다.

"이보시오, 공작, 어떻게 그와 같은 보물을 내동댕이칠 수 있었단 말이오? 그녀는 단지 당신을 다른 여자와 공유하고 싶지 않았을 뿐인데…… 더욱이 당신은 그 일이 있고 나서도 아글라야를 보려고 계속 찾아가지 않았소?"

"맞아요. 당신 말이 맞아요. 내가 죄인입니다. 하지만 아글라야만이 왜 그녀를 그런 식으로…… 다른 사람은 아무도 그렇게 보지 않았는데……."

"공작, 나는 이 문제에 대해 여러 가지 생각을 해보았소. 나는 이전에 있었던 일도 모두 알고 있소. 그 모두 진지하지 못한 데서 비롯된 일이오. 모든 것이 머릿속에서만 맴도는 열정이었고 신기루였으며 환상이자 연기(煙氣)에 불과한 것이었소…… 다만 경험이 없는 한 젊은 여자의 질투만이 그 모든 것을 진지하게 받아들였던 것이오."

이어서 예브게니는 자신이 왜 화가 났는지 아무런 격의 없이 심경을 토로했다. 본래 말재간이 있던 그의 말은 거의 웅변에 가까웠다.

그가 한 말을 요약해서 전하면 다음과 같다.

"애초부터 당신은 거짓으로 출발했소. 거짓으로 시작된 것
은 결국 거짓으로 끝나는 법이지. 그것이 자연의 법칙이요. 나
는 사람들이 당신을 백치 취급하는 것을 받아들일 수 없을뿐더
러 화까지 날 정도요. 당신을 백치라고 부르기에는 당신은 너
무 현명합니다. 물론 당신도 인정하겠지만 당신은 아주 예외적
으로 이상한 사람이긴 합니다.

자, 정리하겠소. 이 모든 사건은 우선 당신의 선천적인 무경
험에서 비롯되었소. 공작, 내가 일부러 선천적이라는 단어를 쓴
것에 유의하시오. 이어서 당신의 그 비범한 순진성, 다음으로
는 감정을 조절할 줄 모르는 당신의 정신 상태, 마지막으로 당
신이 지금까지 가장 진실하고 자연스러우며 즉각적인 원칙으
로 받아들이고 있는 당신의 그 어색한 신념 때문에 벌어진 일
이오. 공작, 인정하시오. 애당초 나스타시야와 당신의 관계에는
그 어색한 민주주의라는 관념이 들어 있었소. 이른바 '여성 문
제'와 관련이 있다는 말이오.

자, 이제, 마치 당신이 거울에 당신 모습을 비추듯이 당신의
진면목을 분명하게 보여주겠소. 당신은 젊은 시절 스위스에 있

을 때부터 조국을 갈망했소. 이, 미지(未知)의 러시아는 당신에게 당신의 모든 열망을 담을 약속의 땅이었소. 당신은 러시아에 관한 많은 책, 뛰어난 글들을 읽었소. 하지만 그것들은 당신에게 유해한 것들이었소.

당신은 책을 읽으면서 키운 열망을 간직한 채 조국으로 돌아온 후 그것들을 당장 실천하려 했소. 그리고 돌아오자마자 가슴 아픈 여인의 이야기를 듣게 된 거요. 순결한 기사와도 같았던 당신은 그 여자를 만났고 그 여자의 악마적이고 환상적인 아름다움에 매혹당한 거요. 당신은 그녀가 타락하지 않았다고 선언했소. 오, 그렇소! 나름대로 일리가 있는 생각이오.

하지만 문제는 거기에 있지 않소. 그때 과연 당신의 감정이 진실하고 올바르며 자연스러운 것인가, 아니면 단순히 두뇌가 흥분된 상태에서 비롯된 것인가가 문제인 거요. 이제 그런 모든 일이 벌어진 지 석 달이 지났는데도 아직 사태의 본질을 꿰뚫어볼 만한 건전한 상식을 되찾지 못했다는 거요?

좋아요. 그 여자가 결백하다고 칩시다. 하지만 그녀가 결백하다고 해서 그녀가 행한 온갖 뻔뻔스러운 짓들, 그 탐욕스러운 이기적 행위들이 정당화될 수 있나요? 당신이 그녀를 연민의 눈으로 본다는 것도 들어서 압니다. 하지만 그 연민 때문에,

또한 그 여자를 만족시키기 위해 고귀하고 순결한 처녀를 창피하고 비참하게 만들 수 있는 거요? 그것도 그 여자가 보는 앞에서? 청혼한 여자를 그런 여자가 보는 앞에서 차버려요? 그래, 그때 당신의 그 기독교적 정신은 도대체 어디 갔던 거요? 그 순간 그 모욕을 당한 그 처녀의 얼굴을 보았나요? 어때요? 당신이 그토록 동정하던 그 여자보다 덜 고통스러워하던가요? 어떻게 그런 얼굴을 보고도 아무것도 하지 않을 수 있었지요? 어떻게?"

"당신 말이 모두 옳아요. 하지만…… 하지만…… 나는…… 나는…… 그냥 내버려둔 게 아니라…… 나는 최선을…….."

"뭐라고요? 최선을? 어떻게 그런 말을? 도대체 어떻게?"

"그래요. 최선을 다했어요. 나는 아직 어떻게 그런 일이 일어났는지 이해할 수가…… 나는 그때 아글라야에게 달려가려 했지만 나스타시야가 기절을 하는 바람에…… 그리고 이제까지 아글라야를 만날 수 없었어요."

"그게 무슨! 그 여자가 기절을 했더라도 아글라야를 뒤쫓아 갔어야지!"

"맞아요…… 그래야 했어요…… 하지만 그녀는 죽었을 수도…… 그녀는 자살을 했을 수도…… 당신은…… 당신은……

제6장

193

그녀를 잘 몰라요…… 나는 나중에 아글라야에게 모든 것을 다 말하려고 했어요…… 예브게니 씨, 난 당신이 모든 것을 다 잘 알리라고는 생각하지 않아요. 도대체 왜 나를 아글라야와 만나지 못하게 하는 거지요? 그녀에게라면 모든 걸 다 설명할 수 있을 텐데…… 저기…… 둘 사이에는 오해가 있었어요…… 그래서 일이 다 틀어진 거예요. 당신에게는 설명할 수 없지만 아글라야에게는…… 오, 맙소사, 오, 하느님! 그래, 당신, 그녀가 달려 나갈 때 얼굴에 대해 말했지요? ……오, 맙소사! 생각이 나요! ……자, 갑시다! 가자고요!"

"어디로 가자는 거요?"

"아글라야 집으로 가야지요. 지금 바로 가야 해요. 그녀는 이해할 거예요. 정말로 이해할 수 있을 거예요! 그런 게 아니라는 것을! 전혀 다른 문제라는 것을!"

"지금 그녀는 이곳에 없다고 하지 않았소? 그리고 뭘 이해할 수 있다는 거요? 뭐가 다른 문제라는 거요? 어쨌든 당신은 결혼할 거잖소? 결국 억지를 쓰는 거지…… 도대체 결혼할 기요, 안 할 거요?"

"물론 합니다…… 결혼할 겁니다. 그래요, 결혼합니다."

"아니, 그런데 뭐가 다르다는 거요?"

"그래요! 달라요! 전혀 다른 문제예요! 내가 결혼한다는 게 뭐가 문제지요? 그게 무슨 의미가 있지요?"

"결혼이 무슨 의미가 있냐고요? 그게 어디 하찮은 일이요? 우리는 사랑하는 여인의 행복을 위해 결혼하는 거요. 당신도 알다시피 아글라야는 그런 걸 생각했던 것이고…… 그런데 그게 하나도 중요하지 않다는 거요?"

"그녀의 행복이라고요? 오, 아니에요! 나는 그저 단순하게 결혼하는 것뿐이에요. 그녀가 원하니까요. 하지만 결혼이 내게 무슨 의미가 있지요? 그래요! 그건 아무 의미도 없어요! 다만 그녀가 죽으려 했다는 것, 그게 가장 분명한 거예요! 나는 이제 그녀가 로고진에게 시집간다는 것은 미친 짓이란 게 훤히 보여요. 예전에는 이해 못 하던 것을 이제는 이해할 수 있어요. 그 날, 두 여자가 마주 보고 서 있었을 때…… 나는 나스타시야의 얼굴을 견딜 수 없었어요. 당신 전에 나스타시야의 집 만찬에서 벌어진 일에 대해 진실을 밝혔다고 했지요? 하지만 당신이 놓친 중요한 게 있어요. 당신이 모르는 게 있기 때문이지요. 나는 그녀의 얼굴을 봤어요! 나는…… 나는…… 그녀의 얼굴이 무서워요!"

공작은 말을 마치면서 몸을 심하게 떨었다.

“무섭다고요?”

공작은 파랗게 질린 얼굴로 속삭이듯 말했다.

“그녀는 미쳤어요.”

“아니, 확실하단 말이오?”

“네, 확실해요. 요즘 들어 확신하게 되었어요.”

그러자 예브게니가 놀라서 소리쳤다.

“아니, 스스로 불행을 찾아간다! ……두려움 때문에 결혼을 한다! ……도무지 납득할 수가 없어! ……사랑하지도 않으면서 결혼을 한단 말이오?”

“아니에요! 나는 그녀를 진심으로 사랑합니다. 알다시피…… 그녀는…… 그녀는 어린애니까요. 지금도 그녀는 어린애예요! 완전히 어린애! 오, 당신은 아무것도 모르는군요.”

“그러면서도 아글라야에게 사랑을 다짐했소?”

“네, 그랬어요!”

“아니, 당신, 두 여자를 다 사랑하려 한다 이거요?”

“네, 그래요!”

“이봐요, 공작, 지금 도대체 무슨 소리를 하고 있는 거요? 정신 차려요!”

“아글라야가 없다면 나는…… 나는…… 그녀를 꼭 봐야만 해요! 나는 이제 잠을 자다가 죽을 거예요…… 아, 만약 아글라야 가 모든 것을 알 수만 있다면…… 다 말하고 싶어요…… 그녀 는 모든 걸 다 알아야 해요! 왜 우리는 상대방에 대해서 모든 걸 다 알아야만 할 때, 결코 그 상대방에 대해 아무것도 모르게 되는 걸까요? ……아, 내가 무슨 말을 하고 있는지 나도 모르 겠어요. 생각의 갈피를 잡을 수 없어요…… 아, 아글라야는 아 직 그 집에서 뛰쳐나갈 때의 얼굴을 하고 있나요? 그래요, 모 든 게 다 내 잘못이에요. 이제 모든 게 내 잘못이란 게 너무 분 명해졌어요. 그런데 내가 뭘 잘못했는지 모르겠어요…… 하지 만 나는 죄인이에요…… 아아, 여전히 당신에게 설명할 수 없 는 게 있군요…… 설명할 수가 없어요…… 하지만 아글라야는 이해할 겁니다…… 나는 아글라야가 나를 이해할 수 있으리라 고 언제나 믿고 있었어요."

"아니, 공작! 그녀는 이해하지 못할 거요! 아글라야는 당신을 한 여자로서, 한 인간으로서 사랑한 거지…… 당신 말대로…… 순수한 영혼으로서 사랑한 게 아니오…… 불쌍한 양반, 이걸 모르시오? 당신은 아글라야도 나스타시야도 결코 사랑해본 적 이 없다는 것을!"

"모르겠어요. 아마도…… 아마…… 당신 말이 여러 면에서

옳을 거예요…… 당신은 정말 똑똑해요…… 아, 머리가 또 아파오는군요. 어서 아글라야에게 갑시다! 제발!"

"아니, 지금 여기 없다고 몇 번이나 말했소? 그녀는 지금 콜미나에 있소."

"콜미나로 가요! 지금 당장!"

"그건 불-가-능합니다. 불가능해." 예브게니는 말을 천천히 말한 후 자리에서 일어났다.

그들은 헤어졌다. 예브게니는 공작의 집을 나서면서 공작이 제정신이 아니라고 생각했다. 그는 두려워하면서 동시에 사랑한다는 게 무슨 뜻인지 이해할 수 없었다. 그럼에도 불구하고 아글라야가 없으면 공작이 정말 죽을지도 모른다는 생각이 들었다. 그리고 아글라야는 공작이 자기를 그토록 사랑한다는 것을 평생 모를지도 모른다는 생각도 들었다.

그는 중얼거렸다.

'오호라, 어떻게 두 여자를 동시에 사랑할 수 있단 말인가? 두 개의 각기 다른 사랑이 존재한다? 정말 흥미로운 일이로군…… 가엾은 백치 같으니…… 어쨌든 저 사람이 앞으로 어떻게 될까?'

제7장

하지만 공작은 자신이 예브게니에게 예언한 것처럼 결혼식 날까지 잠을 자다가 죽지도 않았고 깨어 있다가 죽지도 않았다. 우리는 이제 결혼식 날 벌어졌던 일을 독자들에게 이야기해주려 한다. 그러기 위해 그전에 있었던 일들을 간략히 요약해 들려주기로 하자.

결혼식 날짜는 예브게니가 공작을 방문한 날로부터 1주일 뒤였다. 우선 전할 소식은 이볼긴 장군이 갑작스러운 발작으로 세상을 떠났다는 것이다. 공작은 이볼긴 장군의 가족과 깊은 슬픔을 나눈 후에 장례식에도 참석했다. 사람들은 장례식장에서 나스타시야의 모습을 찾았으나 그녀는 나타나지 않았다. 그날 나스타시야의 집에서 나간 이후로 종적을 알 수 없었던 로고진도 장례식장에 나타났으나 공작 앞에 모습을 보이지는 않았다. 언제나처럼 그의 눈길을 느낀 공작은 뭔가 불안감을 느꼈다. 게다가 이제 거의 몸을 가누지 못할 상태인 이폴리트가 공작을 한 번 와달라고 청하더니 공작에게, 정말로 느닷없이, 로고진을 조심하라는 경고를 해주었다.

이폴리트가 로고진을 경계하라는 충고를 해준 날은 바로 결혼식 전날이었다. 그날 저녁 공작과 나스타시야는 결혼식을 앞두고 마지막으로 만났다. 하지만 예비 신부는 신랑을 안심시키지 못했다. 요즈음 그녀는 날이 갈수록 점점 더 그를 혼란스럽게 했다. 웬일인지 그녀는 점점 더 우울해졌고 생각에 잠기는 시간이 많아졌다. 만일 공작에게 그녀가 어떤 존재인가에 대한 확고한 생각이 없었더라면 그녀의 모든 행동은 수수께끼와 같았고 불가사의했을 것이다. 하지만 그는 그녀가 다시 태어날 수 있으리라 진심으로 믿었다. 그가 예브게니에게 말했듯이 그녀를 향한 그의 사랑에는 병들고 애처로운 어린애에 대한 애착 같은 것이 담겨 있었다. 그런 아이를 제멋대로 하게 내버려둔다는 것은 안 될 말이었다.

하지만 어쨌든 그녀는 석 달 전의 그녀와는 전혀 다른 사람이 되어 있었다. 그래서 공작은 이전에 가졌던 근심을 어느 정도 덜어낼 수 있었다. 예를 들어 공작은, 전에는 결혼 이야기만 꺼내면 화를 내고 비난을 하며 저주에 가까운 욕설을 내뱉었던 그녀가 결혼을 서두르는 것을 보고도 별로 놀라지 않았다.

'그녀는 이제 더 이상 그녀와 결혼하면 내가 불행해지리라는 생각은 하지 않는 거야'라고 공작은 생각했다.

결혼식 전날 공작은 나스타시야를 한껏 들뜨게 만들었다. 그녀의 웨딩드레스와 온갖 장신구들이 페테르부르크의 양장점으로부터 도착한 것이었다. 공작은 그것들을 받고 그녀가 그토록 기뻐할 줄은 상상도 하지 못했다. 공작은 옷을 입은 그녀를 한껏 칭찬해주었고 그의 칭찬에 그녀의 기쁨은 배가되었다. 그런데 그녀는 그 옷들을 받고 그녀가 왜 그렇게 기뻐하는지 그만 참지 못하고 공작에게 말해주고 말았다. 그녀는 온 장안 사람들이 이 결혼식에 분개하고 있으며 심지어 비꼬는 시를 결혼식장에서 읊조리겠다는 사람들도 있다는 소식을 들었다고 했다. 그녀는 이 멋진 의상을 입고 뽐내며 그들의 기를 죽여놓겠다고 공작에게 말했다. 그 말을 할 때 그녀의 두 눈은 이글거렸다. 그녀의 말에 공작은 불안을 품은 채 집으로 돌아갔다.

그날 자정 무렵이었다. 다리야가 공작에게 사람을 보내서 빨리 와달라고 했다. 나스타시야의 상태가 별로 안 좋다는 것이었다. 공작은 황급히 달려가 보았다. 나스타시야는 침실 문을 잠가놓은 채 울부짖고 있었다. 문을 아무리 두드려도 열어주지 않던 그녀는 한참 만에 문을 열어주었다. 그녀는 공작만 들어오게 하고는 이내 문을 잠가버렸다.

그녀는 공작 앞에 무릎을 꿇었다.

"내가 무슨 짓을 하고 있지? 무슨 짓을 하고 있는 거야! 당신에게 무슨 짓을!" 그녀는 그의 무릎을 부여안고 울부짖었다(다리야가 문틈으로 엿보고 나중에 전한 말이다).

공작은 한 시간 뒤에 방에서 나와 집으로 돌아갔다. 공작은 그날 밤 나스타시야의 상태가 궁금해 사람을 한 번 보내 알아보았다. 다행히 그녀가 잠들었다는 전갈을 듣고 공작은 안심했다. 다음 날도 공작은 두 번 사람을 더 보냈다. 그리고 그녀가 페테르부르크에서 몰려온 양재사와 미용사 들에게 둘러싸여 행복해한다는 소식을 듣고 공작은 마음을 푹 놓았다.

이제 결혼식 날 있었던 일을, 직접 본 사람들의 증언을 토대로 이야기해주려고 한다. 그 증언은 사실과 부합하는 것 같다.

결혼식은 저녁 8시에 거행될 예정이었다. 나스타시야는 이미 7시쯤에 준비를 모두 마쳤다. 이미 6시부터 많은 구경꾼이 레베데프의 별장 주변으로 모여들었으며 특히 다리야 부인의 별장 주위로는 벌 떼처럼 사람들이 모였다. 7시부터는 교회에도 사람들이 모이기 시작했다. 피로연이 벌어지기로 한 레베데프의 별장에서는 손님 접대 준비로 눈코 뜰 새 없이 바빴다.

마침내 공작은 사륜마차를 타고 7시 반에 교회로 향했다. 교회에 도착한 공작은 켈레르의 인도를 받으며 제 시각에 교회 제단 앞에 섰다.

그런 후 켈레르는 나스타시야를 데리러 다리야 부인의 별장으로 갔다. 나스타시야의 안색은 '마치 죽은 사람처럼 창백했다'고 켈레르는 나중에 말했다. 부르도프스키와 다리야 부인과 함께 나스타시야가 밖으로 나오자 모여 있던 군중들의 와자지껄하는 소리가 들렸다. 그녀의 아름다움에 탄성을 발하는 이들도 있었고 야유를 보내는 이들도 있었다.

나스타시야는 백지장처럼 창백한 얼굴로 집을 나섰다. 하지만 군중들을 뚫어져라 바라보는 그녀의 검고 큰 눈은 마치 달궈진 숯불처럼 활활 타오르고 있었다. 군중들은 그 시선에 압도되었고 그들의 야유는 환호성으로 변했다.

마차의 문이 열리고 켈레르가 신부에게 손을 내밀었다. 그때였다. 나스타시야가 갑자기 날카로운 비명을 지르며 군중 속으로 뛰어들었다. 그녀를 호위하던 사람들은 너무 놀라서 화석처

제7장

203

럼 굳어버렸다. 군중들이 갈라지며 그녀에게 길을 내주었다. 그리고 집에서 그다지 멀지 않은 곳에 로고진이 모습을 드러냈다. 그녀는 군중 속에서 그의 시선을 알아냈던 것이다. 그녀는 미친 듯 로고진에게로 달려가 그의 두 손을 꼭 잡았다.

"날 살려줘! 나를 데려가줘! 어디로든, 지금 당장!"

로고진은 나스타시야를 들어 올리다시피 해서 마차로 데려갔다. 그러더니 지갑에서 100루블짜리 지폐를 꺼내어 마부에게 내밀었다.

"역으로! 도착하면 100루블을 더 주지!"

마부가 말들에 채찍을 가하자 마차는 출발했다.

그 소식을 들은 공작은 얼굴은 창백해졌지만 담담하게 '그렇게 됐단 말이지…… 걱정은 했지만 설마 했는데……'라고 낮은 목소리로 중얼거렸다. 그리고 잠시 입을 다물고 있다가 '게다가 그녀 입장에서라면…… 자연스러운 일이기도 해'라고 덧붙였다. 옆에서 그 소리를 들은 켈레르는 '전례를 볼 수 없는 철학'이라고 나중에 사람들에게 말했다.

공작이 교회에서 나왔을 때 그에게서 조금도 충격을 받은 것 같은 모습은 찾아볼 수 없었으며, 매우 평온한 모습이었다고 사람들은 말했다. 분명히 그는 빨리 집에 가서 혼자 있고 싶었을 것이다. 그러나 사람들이 그러도록 내버려두지 않았다. 그가 집으로 돌아가 안으로 들어가자 일고여덟 명이 뒤따라 들어온 것이다.

공작은 그들에게 차를 대접했고 그들은 테라스에 앉아 자기들끼리 담소를 나누었다. 그들은 모두 공작의 친절하고 예의 바른 태도에 놀란 눈치였다. 처음에는 무례한 질문을 던지는 이들도 있었지만 공작의 침착한 태도에 그들도 모두 진지한 태도를 취했다.

이윽고 그들이 돌아가자 켈레르가 레베데프에게 다가와 말했다.

"자네나 나 같았으면 큰 소란을 부렸을 거야. 우리 같았으면 고함을 지르고 싸움도 벌였을 거고 결국 경찰이 왔을 텐데…… 그런데 저 양반은 저 무례한 사람들을 새로운 친구로 만들었어! 저런 형편없는 놈들을! 내가 다 아는 놈들이거든!"

그러자 이미 얼큰하게 술이 오른 레베데프가 한숨을 내쉬며 대답했다.

"아이들에게는 드러내는 것을, 지혜롭고 현명한 자들에게는 감추도다. 전에 공작에 대해 내가 그렇게 말한 적이 있지. 하지만 이제 한마디 더 추가하겠어. 하느님이 저 아이를 보호하셨으니, 그를 나락에서 구하셨노라. 하느님과 그의 성스러운 제자들에게 영광을!"

결국 11시 반이 되어서야 공작은 홀로 남을 수 있게 되었다. 그의 곁에서 마지막으로 떠난 베라에게 공작은 내일 아침 첫 열차를 탈 수 있도록 아침 7시에 문을 두드려달라고 부탁했다. 그러겠다는 베라에게 공작은 아무에게도 이 이야기를 하지 말아달라고 신신당부했다.

다음 날 베라가 7시에 공작의 방문을 두드리며 페테르부르크행 열차가 15분 후면 떠날 것이라고 말해주었다. 공작은 완전히 생기를 되찾은 듯 미소까지 띠고 있었다. 공작은 베라에게 당일로 돌아올 수 있을 것이라고 말한 후 집을 나섰다.

제8장

한 시간 후 공작은 이미 페테르부르크에 와 있었다. 공작은 9시와 10시 사이에 로고진의 집 앞에 도착했다. 그는 정면 계단을 통해 현관까지 올라간 후 초인종을 울렸다. 한참 동안 기다려도 아무도 문을 열어주지 않았다. 이윽고 로고진의 어머니가 살고 있는 쪽 아파트의 문이 열리더니 나이 든 하녀가 나타났다.

"누굴 찾으시지요?"

"로고진 씨, 집에 계신가요?"

"안 계셔요."

"집에서 주무셨나요? 어제 혼자 오셨나요?"

하녀는 대답하지 않고 그를 바라보기만 했다. 공작이 다시 물었다.

"혹시 나스타시야 필리포브나와 함께 오지 않았나요?"

"그 사람이 누군지 나는 몰라요."

"주인은 언제 돌아오실 건가요?"

"저는 몰라요."

그 대답과 함께 문이 닫혔다.

공작은 한 시간 후쯤 다시 와봐야겠다고 생각하고 계단을 내려갔다. 그가 마당에 이르렀을 때 그는 청소부 하인을 만났다. 공작이 그에게 물었다.

"로고진 씨 집에 있나?"

"네."

"그런데 왜 없다고 하지?"

"주인어른의 아파트 쪽에서 그러던가요?"

"아니, 마님의 하녀가 그러더군. 로고진 씨 아파트는 아무리 벨을 눌러도 열어주지 않던데……."

"외출하셨는지도 모르지요. 자주, 아무 말씀도 안 하고 나가시곤 하니까요."

"어제 돌아온 건 확실하지?"

"네."

"나스타시야도 함께 왔나?"

"잘 모르겠습니다. 만일 오셨다면 눈에 띄었을 텐데……."

공작은 로고진의 집을 나온 후 얼마 동안 무작정 보도를 걸었다. 로고진의 어머니가 기거하고 있는 쪽 창문들은 거의 다 열려 있었지만 로고진 집의 창문들은 모두 닫혀 있었다. 맑고 더운 날씨였다. 공작은 길을 건넌 후 몸을 돌려 다시 한번 로고진의 집을 바라보았다. 창문은 여전히 닫혀 있었고 여기저기 커튼들도 내려져 있었다.

그는 잠시 그 자리에 서 있었다. 그런데 이상한 일이었다. 커튼 한쪽이 살짝 올라가는 것 같더니 로고진의 얼굴이 보인 것 같았다. 한순간의 일이었다. 공작은 다시 돌아가 초인종을 눌러볼까 생각하다가 마음을 바꿨다.

'잘못 봤는지 누가 알겠는가?'

그는 한 시간 후에 다시 오기로 작정했다. 나스타시야가 살고 있던 집을 한번 찾아가보기로 마음먹었던 것이다. 하지만 생각했던 대로 허탕이었다.

약 한 시간 후 공작은 다시 로고진 집의 초인종을 누르고 있었다. 하지만 문은 여전히 열리지 않았다. 공작은 로고진 어머니 집 쪽의 초인종을 눌렀다. 문을 열어준 하녀는 로고진이 없다며 사흘은 돌아오지 않을 것이라고 했다.

공작은 기진한 상태로 여관으로 돌아왔다. 그리고 책상 앞에 앉아 생각에 잠겼다.

얼마나 시간이 흘렀는지, 그가 무슨 생각을 하고 있었는지 아무도 모른다. 베라가 떠올랐고 레베데프가 떠올랐다. 레베데프라면 무언가 알 것 같았다. 이폴리트도 생각났고 이어서 당사자인 로고진이 떠올랐다. 그가 장례식장에서, 공원에서, 그 외에도 여기저기에서 몸을 숨기고 있던 것이 생각났다. 그 눈은 언제나 어둠 속에서 공작을 노려보고 있었다. 공작은 몸을 부르르 떨었다.

그때 그에게 무슨 확신이 들었다. 만일 로고진이 페테르부르크에 있다면 반드시 자신을 찾아오리라는 확신 말이다. 그리고 자신을 찾으러 온다면, 언젠가 그가 자신을 공격했던 이 여관으로 올 것 같았다.

그는 로고진이 틀림없이 이곳으로 오리라고 확신했으므로 그대로 여관방에서 기다리는 것이 옳았다. 하지만 그는 그 새로운 생각을 견딜 수 없다는 듯 모자를 움켜쥐고 밖으로 나왔다. 그는 어두운 복도를 지났다. 지금이라도 로고진이 계단 어디에선가 뛰쳐나올 것 같았다. 그러나 복도에는 아무도 없었다.

그는 거리로 나왔다. 늦은 시각이었지만 거리는 인파로 붐비고 있었다. 페테르부르크의 여름 휴가철이면 흔히 볼 수 있는 모습이었지만 그는 놀랐다. 공작이 여관으로부터 50보쯤 걸어와 네거리에 이르렀을 때였다. 인파들 속에서 누군가가 그의 팔을 툭 건드리며 낮은 목소리로 말했다.

"이보게, 내 친구 레프, 나를 따라오게."

로고진이었다.

기이한 일이었다. 그를 보자 공작은 갑자기 기쁨에 사로잡혀 말을 잇지 못할 정도였던 것이다. 공작은 겨우 더듬거리며 방금 전 여관 복도에서 그를 볼 수 있을까 기대했었다고 말했다.

"거기 갔었네. 자, 가세."

로고진의 예기치 않은 대답에 공작은 놀랐다. 그는 로고진을 찬찬히 살펴보았다. 그는 약 반걸음 정도 앞장서서 걸었다.

"여관에 갔었다면 왜 나를 부르지 않았나?"

로고진은 멈춰 서더니 공작을 잠시 바라보았다. 그런 후 마치 그 질문은 듣지도 못했다는 듯 말했다.

"자, 레프, 자네는 이 길로 똑바로 내 집으로 가게. 나는 저쪽 편으로 가겠네. 하지만 나를 시야에서 놓치지 말게. 우리는 함께 도착해야 하니까."

제8장

211

말을 마치자 로고진은 차도를 건너더니 건너편에서 집을 향해 걷기 시작했다. 공작이 로고진을 바라보니 그는 마치 주위를 경계하듯 주변을 둘러보고 있었다.

이윽고 둘은 로고진의 집에 도착했다. 공작이 로고진에게 물었다.

"나스타시야는 자네 집에 있나?"

"그렇다네."

"그렇다면…… 아까 창문 앞에서 자네가 나를 바라보았나?"

"맞아. 나였어."

공작은 더 묻지 못했다. 어떤 질문을 해야 할지 몰랐다. 현관 앞에서 로고진이 공작에게 말했다.

"청소부는 내가 집에 돌아온 걸 모르고 있네. 파블롭스크에 다녀올 거라고 말해두었지. 어머니의 하녀에게도 그렇게 말했네. 자, 안으로 들어가세. 아무도 눈치채지 못할 걸세."

그는 자기 집으로 통하는 출입문을 열쇠로 연 후 공작을 먼저 들여보내고 자신도 뒤따라 들어왔다. 그런 후 그는 다시 문을 잠갔다.

"자, 가자고." 그가 소곤거리는 목소리로 말했다. 로고진은 공작을 만난 후 내내 속삭이고 있었다. 겉보기에는 태연해 보였지만 속으로는 뭔가 불안해하고 있는 모습이 역력했다. 서재 바로 앞 거실에 이르렀을 때 그는 창문 앞으로 다가가더니 은밀한 눈짓과 손짓으로 공작을 가까이 오라고 했다.

"자네가 아까 찾아왔을 때 나는 여기 있었네. 하녀에게는 내가 없다고 하라고 단단히 일러놓았지. 자네가 갔는지 안 갔는지 알아보려고 살짝 커튼을 들춰 보았지. 자네가 여전히 이곳을 보고 있더군. 자, 이제 모든 걸 알겠지?"

"그렇다면…… 나스타시야는……? 그녀는 어디……?" 공작은 숨이 막히는 듯 물었다.

"그녀는…… 여기 있네." 로고진이 잠시 망설이더니 천천히 대답했다.

"어디?"

로고진은 고개를 들어 상대방을 주의 깊게 바라보았다. 이윽고 그가 말했다.

"함께 가세."

그의 목소리는 여전히 느리고 낮았으며 생각에 잠긴 표정이었다.

두 사람은 서재로 들어갔다. 창문마다 커튼이 드리워진 서재는 매우 어두웠다. 창백한 로고진의 얼굴에서 눈동자가 강렬한

제8장

213

빛을 내고 있었다. 그는 미동도 하지 않은 채 공작을 뚫어져라 바라보았다.

로고진은 의자를 끌어와 앉더니 공작을 반대편에 앉혔다.

로고진이 아무 말이 없자 공작이 참지 못하고 의자에서 일어나며 물었다.

"그래, 나스타시야는 어디 있나?"

로고진도 따라서 일어났다.

"저기 있지." 로고진은 고갯짓으로 거실 안쪽의 한 커튼을 가리키며 말했다.

"자고 있나?" 공작이 목소리를 낮추며 말했다.

로고진은 조금 전과 마찬가지로 다시 공작을 뚫어져라 바라보았다.

"우리 들어갈까? ……아니면 자네 혼자서…… 아니, 함께 들어가지."

로고진은 커튼을 들어 올리더니 공작을 돌아보았다.

"자, 들어가게."

공작은 침대가 놓여 있는 내실로 들어갔다.

"어두운데……."

"그래도 보일 거야." 로고진이 중얼거렸다.

"겨우…… 침대가 보이는군."

"더 가까이 가보게." 여전히 낮은 목소리로 로고진이 말했다.

공작은 유심히 살펴보았다. 두 사람은 침대 곁에 나란히 섰다. 둘 다 아무 말이 없었다. 공작은 매우 흥분해 있었다. 죽음의 정적이 흐르는 이 방 전체에 공작의 심장 뛰는 소리가 쿵쿵 울리는 것 같았다.

마침내 어둠에 익숙해진 그는 침대를 온전히 알아볼 수 있었다. 침대 위에 누군가가 꼼짝 않고 누워 있었다. 아무 소리도, 심지어 가벼운 숨소리조차 들리지 않았다. 잠든 사람의 머리를 하얀 시트가 덮고 있었지만 희미하게나마 사지는 분간할 수 있었다. 아무렇게나 벗어놓은 옷가지들이 여기저기 함부로 흩어져 있었다. 무서운 정적이 감돌고 있었다. 갑자기 파리 한 마리가 날아올라 정적을 깨뜨렸다.

"자, 나가세." 로고진이 공작의 팔을 잡으며 말했다.

두 사람은 커튼으로 막아 놓은 방을 나가, 좀 전에 앉았던 의자에 마주 보고 앉았다. 공작은 갈수록 몸을 심하게 떨었다.

"자네 짓이지?" 마침내 공작이 고개를 들어 커튼을 가리키며 말했다.

"그래…… 맞아…… 내가……." 로고진이 중얼거리며 눈길을

제8장

215

떨어뜨렸다. 그들은 약 5분간 아무 말도 없었다.

"아무도 우리가 여기서 밤을 지새우는 줄은 모를 걸세."

"하녀나 청소부는 나스타시야가 여기 온 걸 알고 있을 것 아닌가?"

"아니, 아무도 몰라. 어제 우리는 조금 전 자네와 내가 그랬듯이 아무도 모르게 살그머니 들어왔다네. 나스타시야가 웬일인지 발꿈치를 들고 더 조심하더군. 나는 그녀가 그러리라고는 생각 못 했는데…… 계단에서는 손가락을 입에 대며 내게 주의까지 주더군.

그래, 그녀가 항상 두려워한 것은 바로 자네였어. 기차 안에서 그녀는 거의 미친 여자 같았어. 그만큼 무서웠던 거지. 그리고 이곳으로 오자고 한 것도 바로 그녀야. 나는 처음에는 그녀가 묵었던 집으로 가려고 했어. 그녀가 가깝게 지내던 학교 선생 집말일세. 그래, 그녀가 이렇게 말했어. '그러면 내일 그 사람이 나를 찾아낼 거야. 내일 날이 밝자마자 그 사람이 그리로 올 거야. 나를 당신 집에 숨겨줘. 그리고 내일 첫차로 모스크바로 함께 가.' 그다음에는 오를인가 어디로 가자고 하더군. 그녀는 곧 잠이 들었어. 함께 오를로 가자고 중얼거리며……."

"그래, 로고진, 자네 이제 어떻게 할 셈인가?" 여전히 떨리는 목소리로 공작이 물었다.

"지금은 자네가 걱정이야. 그렇게 벌벌 떨고 있으니…… 어쨌든 여기서 함께 밤을 지새우도록 하세. 소파에서 떼어낸 쿠션들로 저 침대 옆에 둘이 누울 수 있는 자리는 마련할 수 있을 거야."

"그래, 그래! 그렇게 해!" 공작이 열을 띠며 동의했다.

"나는 자수하지도 않고 그녀를 내주지도 않을 거야. 나중에 사람들이 이곳에 들어와서 그녀를 발견하면 그때 순순히 다 말해줄 거야. 나는 오늘도 내내 그녀 곁에 있었어. 자네를 데리러 나갔을 때를 제외하고는……."

곧이어 로고진은 잠자리를 준비하기 시작했다. 지난밤 그는 소파에서 잤다. 하지만 소파에서 둘이 자는 것은 불가능했다. 로고진은 오늘 밤 꼭 공작과 함께 자고 싶었다. 그는 소파에서 떼어낸 쿠션들로 어설프나마 잠자리를 마련했다. 그리고 공작을 잠자리로 데려갔다. 공작의 다리는 여전히 후들거렸지만 공포감은 사라졌는지 혼자서도 걸을 수 있었다.

로고진은 공작을 왼쪽 쿠션에 눕힌 후 자신은 오른쪽 쿠션에 몸을 쭉 펴고 누운 다음 두 팔을 머리 뒤에 고이면서 말했다.

"날이 덥군. 냄새가 밖으로 나갈지도 몰라. 창문은 열지 말아

제8장

217

야겠어."

공작은 잠시 말이 없었다. 이윽고 그가 갑자기 질문이 생각난 듯 물었다.

"그런데…… 말해주게…… 자네 무엇으로? ……칼로? …… 바로 그 칼? ……."

"그래, 바로 그 칼이야……."

"잠깐, 한 가지만 더…… 물어보고 싶은 게 많지만 딱 한 가지만 묻겠네. 자네, 그녀를 결혼식 전에 죽일 작정이었나? 그 칼로…… 교회에서?"

"모르겠어…… 그러려고 했는지 아닌지……." 로고진이 메마르게 대답했다. 그는 그 질문에 놀란 것 같았고 공작이 왜 그런 질문을 하는지 이해하지도 못하는 것 같았다. 하긴 공작 자신도 자기가 왜 그런 질문을 했는지 잘 모르고 있었다.

둘은 한동안 말이 없었다.

그런데 공작이 갑자기 입을 열었다. 갑자기 무슨 생각이 휙 날아오듯이 그에게 떠올랐고, 그것이 그대로 사라져버릴까봐 두려워하는 것 같았다. 그는 갑자기 자리에서 몸을 일으키더니 흥분한 듯 속삭였다.

"아, 그래! 그 카드…… 난, 그 카드를 보고 싶어…… 자네, 그녀와 카드놀이를 했다고 하던데……."

로고진은 그의 말에 즉각 대답하지 않았다.

"그래, 했어." 마침내 그가 말했다.

"그렇다면…… 그 카드가 어디 있지?"

"내가 가지고 있어……." 로고진은 좀 전보다 더 오래 침묵을 지킨 후에 말했다. "여기 있네."

로고진은 주머니에서 종이에 싼 카드를 꺼내어 공작에게 내밀었다. 공작은 카드를 받았다. 하지만 망설이는 기색이었다. 다시 고통스러운 감정이 공작을 엄습했다. 그는 갑자기 깨달았다. 지금뿐만 아니라 아주 오랫동안 그는 진정으로 말하고자 하는 것을 말하지 않았으며, 진정으로 행하고자 하는 것을 행하지 않았다는 것을……. 그가 손에 쥐고 있는 이 카드, 이것을 손에 들고 있다는 것만으로 자신을 그토록 행복하게 해주던 이 카드가 이제는 아무짝에도 쓸모가 없다는 것을…… 그는 자리에서 일어나 두 손을 비통하게 틀어쥐었다.

로고진은 꼼짝 않고 누워 있었다. 마치 공작이 하는 말도 듣지 못한 것 같았고 그의 행동도 보지 못한 것 같았다. 그러나 그의 눈만은 어둠 속에서 반짝이며 그 무언가를 응시하고 있는 것 같았다.

제8장

219

그렇게 반 시간 정도 지났다. 갑자기 로고진이 깔깔거리며 웃기 시작했다.

"그래, 그 장교…… 그 장교…… 자네, 그녀가 그 장교 뺨을 어떻게 해줬는지 기억나지? 하, 하, 하! 그러니까 부하, 그래, 부하 한 놈이 풀쩍 뛰어 일어났고…….."

공작이 다시 두려움에 사로잡혀 벌떡 일어났고 로고진은 잠잠해졌다. 공작은 조용히 몸을 기울이더니 로고진 곁에 앉았다. 심장이 격하게 두근거리고 있었고 숨도 쉬기 어려웠다. 그는 친구의 얼굴을 찬찬히 바라보았다. 로고진은 그를 향해 고개를 돌리지 않았다. 마치 공작의 존재를 잊어버린 것 같았다. 공작은 시선을 로고진에게 고정한 채 기다렸다.

시간이 흘렀다. 날이 밝아오기 시작했다. 로고진이 이따금 높은 목소리로 두서없는 말들을 내뱉어 정적을 깼다. 그리고 소리를 지르다가 웃기도 했다. 그러면 공작은 떨리는 손을 뻗어 그의 머리를 만져주었으며 머리칼을 쓰다듬어주고 뺨을 어루만져주기도 했다…… 그것이 그가 할 수 있는 모든 것이었고 최선이었다. 다시 온몸이 떨려와 갑자기 사지가 마비된 것 같았다. 완전히 새로운 감정, 무한히 고통스러운 감정이 그의 가슴을 저며왔다.

갑자기 날이 훤하게 밝았다. 피곤과 절망에 지친 공작은 한순간 자신의 쿠션에 누워 있다가 자신의 머리를, 꼼짝 않고 있는 창백한 로고진의 얼굴에 갖다 댔다. 공작의 눈에서 나온 눈물이 로고진의 두 뺨 위로 흘러내렸다. 하지만 아마 그도, 로고진도 그 눈물을 느끼지 못했으며 눈물을 흘린다는 것조차 의식하지 못했는지도 모른다.

최소한 몇 시간이 흐른 후 문이 열렸다. 안으로 들어온 사람들은 살인자가 완전히 의식을 잃은 채 열병을 앓고 있음을 발견했다. 공작은 꼼짝 않고 조용히 옆에 앉아서 환자가 비명을 지르거나 헛소리를 할 때마다 황급히 손을 뻗어 그의 머리칼을 쓸어주고 뺨을 쓰다듬어주었다. 하지만 공작은 사람들이 그에게 하는 질문이나 말을 한 마디도 이해하지 못했으며 자기를 둘러싸고 있는 사람들을 알아보지도 못했다.

만일 슈나이더 교수가 이 자리에 있어 그를 보게 된다면 공작이 처음 스위스에 도착했을 때의 상태를 회상하며 이렇게 말했으리라.

'백치!'

제8장

221

결말

로고진은 두 달 동안 뇌막염을 앓았다. 그리고 그가 완치되자 재판이 열렸다. 그는 사건의 전말에 대해 있는 그대로 정확하게 진술했다. 그의 변호사는 이 범죄가 그가 걸려 있던 뇌막염의 결과라는 것을 논리정연하게 변론으로 내세웠다. 하지만 로고진은 변호사의 변론을 입증하기 위한 그 어떤 노력도 하지 않았다. 다만 사건에 관한 모든 세부 사항을 빠짐없이 명확하게 기억하고 확인시켜주었을 뿐이었다. 정상참작 결과 로고진에게는 15년의 시베리아 강제 노역이 선고되었다. 로고진은 아무 말 없이 이 선고를 받아들였다. 당연히 그의 엄청난 재산은 그의 동생 몫이 되었고 동생은 기뻐 날뛰었다.

레베데프나 켈레르, 가냐, 프티진 등을 비롯해 우리의 이야기에 나오는 많은 인물은 여전히 그들에게 익숙한 삶을 살고 있었다. 그들은 변한 게 별로 없었기에 전해줄 말도 별로 없다. 이폴리트는 예상했던 것보다는 약간 일찍 세상을 떴다. 그는 나스타시야가 죽은 지 보름 만에 극심한 번뇌 속에서 세상을 등졌다. 콜랴는 이 두 사건에 매우 큰 충격을 받았으며 어머니와 더욱더 가까워졌다. 그는 아마 사업가가 될 것이다.

사실 공작이 자신의 상황에 알맞게 필요한 조치를 받을 수 있었던 것은 부분적으로는 콜랴 덕분이었다. 콜랴는 자신이 최근에 알게 된 인물들 중에서 예브게니를 가장 높이 평가했다. 콜랴는 예브게니에게 찾아가 그간 있었던 일을 모두 이야기해 주었으며 특히 공작의 현재 상태에 대해 알려주었다. 콜랴의 판단은 정확했다. 예브게니는 그 불행한 '백치'의 운명에 대해 비상한 관심을 쏟았다. 그가 열심히 노력한 결과 공작은 다시 스위스의 슈나이더 박사의 병원으로 갈 수 있게 되었다.

예브게니는 장기간 유럽 체류를 계획하고 있었다. 그는 자신이 러시아에는 필요 없는 잉여 인간이라고 노골적으로 말하곤 했다. 예브게니는 유럽에 머물면서 상당히 여러 번, 최소한 서너 달에 한 번은 슈나이더 박사의 병원에 있는 병든 친구를 방문했다. 하지만 그가 슈나이더 박사를 만날 때마다 박사는 고개를 절레절레 흔들며 눈살을 찌푸렸다. 박사는 공작의 지능 조직이 완전히 파괴되었으며 아직 완전히 불치라고 선언하기는 어렵지만 은근히 가망 없다는 식의 암시를 했다. 그 말을 듣고 예브게니는 가슴이 아팠다.

예브게니는 정이 많은 인물이어서 공작의 소식을 콜랴에게 상세히 전했다. 하지만 그가 소식을 전한 것은 콜랴만이 아니었다. 그는 의외의 인물에게도 공작의 병세에 대해 상세한 소식을 보냈다. 그리고 편지가 오갈수록 편지에는 친밀감이 더해졌다. 그 인물은 예상외에도 레베데프의 딸인 베라였다. 어떻게 해서 둘 사이에 그런 관계가 맺어졌는지는 상세히 알 수 없다. 아마 짐작하기로는 공작이 겪은 일로 충격을 받은 베라가 몸져누웠을 때 이들의 관계가 시작되었다고 어렴풋이 짐작할 수 있을 뿐이다.

우리가 이 둘의 관계에 대해 언급한 것은 그들이 주고받은 편지에 아글라야에 관한 소식이 들어 있었기 때문이다. 그 소식에 의하면 아글라야는 폴란드로부터 망명한 어느 백작에게 반했다. 그녀는 얼마 되지 않아 부모의 뜻을 어기고 그에게 시집을 갔다. 부모는 오로지 추문이 생길까 하는 두려움에 그 결혼을 승낙했다.

반년 뒤에 예브게니는 베라에게 또다시 장문의 편지를 보냈다. 그 편지에서 그는 자기가 슈나이더 박사를 방문했을 때 그곳을 찾아온 예판친 가족들과 S 공작을 만났다고 썼다. 리자베타는 병세가 악화된 공작의 모습을 보고 진정으로 가슴이 아파 눈물을 멈추지 못했다. 그걸 보니 그녀는 이미 공작을 용서한 게 틀림없다고 S 공작이 멋진 표현을 써가며 말했다.

S 공작과 아델라이다 사이에 아직 완전한 조화가 이루어진 것은 아니었지만, 그 열렬한 처녀가 조만간 S 공작의 지혜와 경험에 완전히 복종하게 될 날이 조만간 오리라고 예브게니는 썼다. 가족들이 겪은 시련 덕분에 아델라이다는 깨달은 게 많았으며 특히 최근에 들은 아글라야의 소식도 그녀에게 큰 영향을 미쳤다. 아글라야를 시집보내면서 예판친 가족들이 우려했던 것이 반년도 지나지 않아 모두 사실로 드러난 것이며, 전혀 뜻밖의 사실까지 덧붙여졌던 것이다.

우선 그는 백작이 아니었으며 순수한 의미에서의 정치적 망명객도 아니었다. 그는 뭔가 석연치 않은 사건 후에 조국을 떠날 수밖에 없었을 뿐이었다. 그런 그가 조국을 애타게 그리워하는 순결한 영혼을 지닌 사람인 척해서 아글라야를 사로잡았던 것이다. 게다가 그는 재산이 막대하다고 리자베타에게 큰소리를 쳤지만 거의 무일푼이었다.

그 외에도 아글라야에 대해 할 이야기는 많았다. 하지만 너무 혼쭐이 난 예판친 가족들은 아예 아글라야 이야기를 입 밖에 꺼내는 것조차 두려워했다.

예브게니는, 유럽에서 만난 리자베타가 한시라도 빨리 러시아로 돌아가고 싶어한다고 썼다. 그녀는 신랄한 어조로 외국 것이라면 무엇이든 비판했다.

"어디를 가든 빵 하나 제대로 구울 줄 아는 데가 없어!"라든가, "겨울에는 마치 박쥐처럼 동굴에 처박혀 떨고만 있어"라고 그녀는 말했으며 자신을 조금도 알아보지 못하는 공작을 바라보며 흥분해서 "그나마 이 불쌍한 사람을 보면서 러시아어로 슬퍼할 수 있으니 다행이로군"이라고 말했다.

그리고 그녀는 예브게니와 헤어지면서 마치 화라도 난다는 듯 이렇게 결론 삼아 말했다.

"어휴, 이제 이런 말도 안 되는 것들은 지긋지긋해. 이제 정신을 차릴 때도 됐잖아. 이놈의 유럽 생활, 당신들이 그렇게 애타게 찾는 유럽, 그건 모두 환상일 뿐이야. 그리고 우리들도, 외국에 나와 있는 우리들도 환상일 뿐이야. 예브게니, 내 말을 명심해둬요. 당신도 직접 깨닫게 될 테니."

『백치』를 찾아서

　겨우 끝냈다. 『죄와 벌』을 끝낸 후, 『백치』를 손에 잡은 지 거의 석 달 만이다. 이제까지 작업한 어느 작품보다 오래 걸렸다. 기상 관측 이래 최고 기록을 연일 갈아 치운, 끝없이 이어지는 더위 탓만이 아니었다. 도스토예프스키의 소설들이 거의 다 그러하지만, 특히 『백치』라는 방대한 작품의 주제가 너무 묵직하고 깊이가 있고 다양해서 쉽게 앞으로 나아가지 못했다. 그뿐 아니었다. 작품 속의 인물들은 거의 모두 그 무언가의 '상징'이고 '은유'였다. 그 의미와 맥락을 놓친 채 '번역' 혹은 '축역'을 하다보면 오역이 되거나 중요한 내용을 줄여버릴 위험이 아주 컸다. 불어 번역본과 영어 번역본을 수도 없이 왔다 갔다 하면서 씨름을 하다보니 어느새 석 달이 흘러가버렸다. 힘은 들었지만 만족감은 그만큼 크다.

어려운 고백 한 가지. 가끔 참고로 본 우리말 번역본이 가장 도움이 되지 않았다. 작품 전체 윤곽을 파악하고 '축역' 구상을 하는 데 우선적으로 도움이 되는 것은 물론 우리말 번역본이다. 그러나『백치』의 우리말 번역본은 그렇지 않았다. 번역본을 읽다보면 어느새 정신이 멍해지고 작품의 줄거리를 놓치기 일쑤였다. 분명 우리글인데 무슨 뜻인지 파악하려면 멍해진 정신을 추스르고 다시 집중해야만 했다.

아무리 길고 지루해 보이는 작품이라도 모든 작품엔 팽팽한 긴장이 있다. 고전 작품의 페이지를 무심코 쉽게 넘기지 못하는 것은 그 긴장감을 유지하라고 우리를 몰아치기 때문이다. 자칫 방심하면 그 끈이 끊어진다. 중요한 건 그 긴장감을 유지시키는 번역이냐 아니냐에 있지 직역이냐 의역이냐, 완역이냐 축역이냐 하는 형식에 있지 않다.

나는『백치』의 우리말 번역본들을 읽으면서 그 긴장의 끈을 느낄 수 없었다. 아니, 방해가 됐다고 하는 편이 옳다. 작품 자체가 워낙 방대하기 때문만이 아니다. 아마 번역자 스스로 작품의 무게를 이기지 못하고 그 의미의 끈을 자주 놓쳤기 때문이리라.

사실 『백치』에 대해 해설을 쓴다는 것도 쉽지 않다. 우선 작품의 구성에 일관성이 없어 보이고 어찌 보면 어색하기도 하다. 또한 주인공 미쉬킨 공작뿐 아니라 거의 모든 등장인물이 우리가 주변에서 흔히 볼 수 있는 상식적인 인물들이 아니다. 게다가 줄거리 또한 아주 비상식적이다. 그뿐인가? 작품에서 우리가 생각해낼 수 있는 주제는 무궁무진하다. 그 모든 것을 해설에 담아내려면 방대한 논문이라도 써야 할 판이다. 도스토예프스키는 이 소설 속에서 신앙, 사상, 죄, 사랑, 연민, 삶과 죽음 등 인생의 온갖 묵직한 주제를 다 다루면서, 한편으로는 그의 조국 러시아의 모습을 그린다. 그는 이 작품을 통해, 일종의 질문의 형식으로 러시아의 미래상을 탐구하고 바람직한 인류애가 어떤 것인지 모색한다. 말하자면 이 작품은 우리가 세상을 살면서 경험할 수 있는 내면의 온갖 긴장과 갈등을 한 편의 드라마로 보여주고 있다고 할 수 있다.

　하지만 도스토예프스키의 모든 소설이 다 그렇듯이 이 소설은 그렇게 묵직한 주제를 다루고 있으면서도 독자에게 소설 읽는 재미를 듬뿍 선사한다. 묵직한 주제를 이렇듯 재미있게 형상화하는 재주는 내가 보기에 『돈키호테』를 쓴 세르반테스, 『레 미제라블』을 쓴 빅토르 위고와 함께 도스토예프스키가 으

뜻이다. 그런 의미에서 그는 타고난 이야기꾼이기도 하다.

우리는 이 묵직한 작품, 온갖 질문과 온갖 이야기가 뒤섞여 있는 이 작품에서, 이 소설의 주인공이자 가장 비상식적인 인물이라고 할 수 있는 미쉬킨 공작의 모습을 따라가면서 그 재미를 다시 한번 느껴보는 것으로 만족하기로 하자.

여러분은 미쉬킨이라는 인물에게서 어떤 것을 느꼈는가? 모든 것 다 제쳐두고 '도대체 그런 사람이 어디 있어?'라고 느꼈다면 당신은 가장 정직한 사람이다. 사실이다. 그는 완벽하게 비현실적인 인물이다. 세상 그 어디에도 그가 속할 곳은 없는 그런 인물이다.

우선 그는 조국도 없는 사람이다. 물론 그는 러시아 사람이다. 하지만 간질을 앓아 어릴 때 거의 완벽한 백치 상태에서 스위스로 떠났다가 오랜만에 러시아로 돌아온 인물이다. 그런 그에게 러시아는 낯선 땅이다. 그는 러시아의 아들이지만 러시아를 완전히 새롭게 백지상태에서 보는 인물이다.

그런 그에게는 아무런 사회적 지위도 없다. 그가 지닌 것이라면 순수함과 결백뿐이다. 그는 너무 순수하기에 그 어떤 모욕을 당해도 수치스럽게 여기지 않는다. 예를 들어 가냐가 그의 뺨을 때렸을 때도 그는 얼굴을 붉히거나 화를 내지 않고 순순히 따귀를 받아들인다. 그런데 소설을 자세히 보라. 그를 모욕하고 비웃었던 사람들은 그가 그런 모멸을 받아들임으로써 모두 조금씩 변한다. 가장 대표적인 인물이 바로 가냐다. 출세·시장주의자였던 가냐는 공작을 향해 지녔던 적개심을 버리고 그에게 애정을 갖게 된다. 그의 순수함은 그렇게 남들을 변모시키는 힘을 갖는다.

그렇다. 공작은 수동적인 인물이 아니다. 어떤 의미에서 가장 적극적인 인물이다. 그는 불가능을 꿈꾼다는 의미에서 무모할 정도로 적극적이다. 그렇다면 무슨 불가능을 꿈꾸는가? 바로 그가 만나는 사람들이 근본적인 변화를 통해 본래의 인간으로 되돌아가는 것을 꿈꾸며 그 믿음을 결코 잃지 않는 것이다. 그는 나스타시야가 새롭게 태어나리라는 믿음을 잃지 않았기에 그녀의 곁을 떠나지 않는다.

인간은 사회생활을 하면서, 사람들과 관계를 맺고 살면서 어느 정도 타락할 수밖에 없는 존재다. 그리고 우리는 그것이 바로 우리의 본모습이라고 생각하며 살아간다. 그런데 미쉬킨 공작은 단연코 그 생각을 거부한다.

그러나 공작의 거부는 우리가 흔히 생각하는 거부와는 의미가 다르다. 그는 타락한 인간의 모습에서 혐오를 느끼는 것이 아니라, 연민과 동정을 느낀다. 타락할 수밖에 없는 인간의 모습에 애정을 갖고 있기 때문이다. 그는 변화하라고 강요하지 않는다. 변화의 믿음을 갖고, 연민과 애정을 갖고 상대방 곁을 떠나지 않는다. 그는 지금 있는 그대로의 모습으로서의 나스타시야, 로고진, 이폴리트를 거부하면서 역으로 그들에게 자신이 진정으로 바라는 모습을 투영한다.

그는 어떻게 타락을 거부하면서 동시에 타락한 모습을 받아들일 수 있을까? 간단하다. 인간은 약할 수밖에 없는 존재라는 것을 알고 있기 때문이다. 인간이 유혹에 저항할 수 없는 존재라는 것을 알고 있기 때문이다. 타락을 거부하지만 타락할 수밖에 없는 인간을 사랑하는 것, 그래서 올바른 길로 인도하는 것, 그것도 종교적 설교나, 혹은 논리적 훈계를 통해서가 아니라 자신의 행동 그 자체로 인도하는 것, 바로 그 점에서 미쉬킨 공작은 예수그리스도의 화신이 된다.

그리고 그런 종교적 본질은 미쉬킨 공작의 입을 통해 직접 다음과 같이 표현되기도 한다. 공작은 길에서 만난 어느 아낙이 태어난 지 6주 정도밖에 안 된 젖먹이 아들이 웃는 것을 보고 성호를 긋는 것을 보게 된다. 그가 왜 성호를 긋느냐고 묻자 아낙이 답한다.

'엄마가 갓난아이가 처음 웃는 걸 보고 기뻐하는 건 하느님이 저 높은 곳에서 이 땅의 죄인들이 하느님을 향해 열심히 기도하는 것을 볼 때마다 기뻐하는 것과 마찬가지예요.'(『백치 I』, 208쪽)

이어서 그는 말한다.

한 아낙네의 입에서 기독교의 본질이 녹아 있는, 그토록 심오하고 섬세하고 진정한 종교 사상이 표현되어 나온 거라네. 자기 자식을 바라보는 아버지처럼 인간을 내려다보며 기뻐하시는 하늘에 계신 아버지를 신으로 생각한 거야. (……) 종교적 감정의 본질은 그 어떤 논리로도 접근할 수 없고 설명할 수 없어. 그 어떤 과실, 그 어떤 범죄, 그 어떤 무신론으로도 설명할 수 없는 것이고…… 그것은 그 모든 것의 밖에 있는 거야."(『백치 I』, 208쪽)

도스토예프스키는 『백치』라는 작품을 통해 인간을 향한 연민과 사랑으로 충만한 인물을 그리려 했을 것이다. 도스토예프스키에게 긍정적인 유일한 인물이 예수그리스도였던 것은 잘 알려져 있다. 그는 미쉬킨 공작이라는 인물을 통해 가장 아름다운 인물을 그리려 했다. 그는 서구 소설사에서 가장 아름다운 인물로 세르반테스의 돈키호테를 꼽고 이어서 빅토르 위고의 『레 미제라블』의 장 발장을 꼽는다. 그런데 돈키호테가 우스꽝스러운 인물이고 장 발장이 선행과 희생을 통해 사람들에게 감동을 주는 인물인 데 반해, 미쉬킨은 심각할 정도로 천진하고 결백한 인물이다. 심각할 정도로 천진하고 결백한 인물은 바로 그리스도가 아닐까? 사람들의 고통과 질병을 함께 짊어지고 가는 인물, 그러면서 가슴과 혼은 언제나 신을 향해 있는 인물, 그것이 바로 그리스도가 아닌가? 그렇기에 역설적이게도 미쉬킨 공작은 우리에게 너무 비현실적인 인물처럼 여겨지는 것이 아닐까?

작품 속에서 공작은 실패한 인물이다. 그가 다시 백치가 되어 스위스로 돌아갔을 때, 세상은 조금도 변하지 않았다. 어쩌면 더 나빠졌는지도 모른다. 그가 세상에 나타났다 돌아갔더라도 똑같은 인물들은 계속 태어난다. 세상은 그와 상관없이 돌아가는 것처럼 보인다. 무신론자인 이폴리트는 그 어느 때보다 옹졸해져서 세상을 원망하고, 가냐는 여전히 로스차일드가 되려는 꿈을 갖고 있다. 자존심이 상한 아글라야는 가톨릭교도인

폴란드인에게 사기를 당해 결혼하고 나스타시야는 로고진에게 살해당한다. 그리고 공작은 원래 모습인 백치로 되돌아간다. 그가 이 세상에 설 자리는 아무 곳에도 없어 보인다. 공작이 지닌 천진성과 결백은 이 세상에서 아무 역할도 할 수 없는 것처럼 보인다.

그렇다면 우리 묻자. 과연 순수함과 결백은 이 세상에 필요한 것인가? 그것이 갖는 가치와 역할은 무엇인가? 공작은 나스타시야가 미쳤다고 여러 번 말한다. 아글라야는 단호히 자신을 택하지 않는 공작을 보고 질투심에 사로잡혀 그를 버린다. 혹시 미쳐버린 나스타시야, 질투심에 사로잡힌 아글라야가 자연스러운 모습이 아닐까? 로고진의 열정, 이폴리트의 증오, 가냐의 출세욕들이 더 자연스러운 인간의 감정이 아닌가? 공작이 지닌 어린애다운 순진함이 오히려 부자연스러운 것이 아닌가? 자신을 살해하려던 로고진을 용서하는 정도가 아니라 형제로 끌어안는다는 것이 과연 자연스러운 일이란 말인가? 무엇보다 우리는 '바보'라는 핀잔을 들으면 화가 나지 않는가?

그렇다. 공작은 자연스러운 인물이 아니다. 도대체 나스타시야와 아글라야와의 삼각관계에서 둘 중 하나가 아니라 둘 다 택하는 그의 모습도 자연스럽지 않다. 그의 철저한 이타심도 자연스럽지 않다. 악을 향하여 증오심을 키우지 않고 연민의 정을 키우는 모습도 자연스럽지 않다.

그렇다. 공작은 철저히 비현실적인 인물이다. 그런 존재는 세상에 있을 수 없다. 선천적 무경험성을 지닌 인물이기 때문이다. 누구나 세상을 살면서 경험을 하고 얼룩이 진다. 그런데 그는 선천적으로 무경험이다. 천의무봉(天衣無縫)이다. 아무리 세상 경험을 해도 배우는 것이 없다. 완전무결한 순진 덩어리다. 바보다.

그런데, 역설적이게도 그는 현명하다. 얼룩이 지고 색안경을 쓴 사람들이 보지 못하는 것을 본다. 편견이 없기 때문이며 그의 눈이 투명하기 때문이다. 흐려진 눈으로는 보지 못하는 것을 볼 수 있기 때문이다. 그래서 그는 순진하면서 동시에 통찰력을 지니고 있다. 우리가 그 누군가를 향해 '원, 순진하기는……'이라고 혀를 끌끌 차면서도 동시에 상대방을 향해 은연중 두려움을 느끼는 것은 그 때문이다.

미쉬킨 공작은 백치였다가 다시 백치가 되어 돌아갔지만, 이 세상에 왔을 때 그는 백치가 아니었다. 사람들이 그를 백치로 취급했을 뿐이다. 그는 자신이 백치로 취급당하고 있다는 것을 안다. 그리고 그 사실을 알고 있는 이상 자신은 백치가 아니라고 말한다. 우리는 혹시, 우리가 지니지 못한 통찰력, 순수함, 결백함을 지닌 존재를 바보라고 비웃으며 살고 있는 것은 아닌지! 혹은 내 안에 아직 소중하게 숨 쉬고 있는 순수함의 가능성을 스스로 억누르며 살고 있는 것은 아닌지!

『백치』를 읽으면서 그런 질문을 스스로에게 던져본다면 미쉬킨 공작은 우리에게 언제고 살아 있을 수 있으리라. 그는 결코 현실 속에 존재할 수 없는 인물이지만, 그런 질문과 의미 속에 언제나 살아 있는 인물일 수 있다. 어디 예수그리스도가 늘 우리 곁에 모습을 보여주기 때문에, 늘 현실 속에 존재하기에 의미가 있는가? 예수그리스도가 비현실적인 존재이기에 더 의미가 있는 것이 아닌가?

도스토예프스키는 1821년 모스크바에서 자선병원 의사였던 아버지 미하일 안드레예비치 도스토예프스키와 신앙심이 깊었던 어머니 마리야 표도로브나 네차예바의 둘째 아들로 태어났다. 17세 때인 1838년 공병학교에 입학했으며 1840년 하사관으로 임명되었고 두 해 후에 소위로 임관했고 23세 되던 1844년 제대했다.

이후 오로지 집필에만 몰두해 1846년 『가난한 사람들』을 발표한 이후로 10여 편의 장편과 단편을 계속 발표했다. 그러던 그에게 일생일대의 사건이 하나 벌어진다.

도스토예프스키는 기질상으로 보나 개인적 신념으로 보나 혁명주의자는 아니었다. 그러나 그는 사회주의자인 푸리에와 프루동의 책을 함께 읽는 젊은 문인들의 모임에 정기적으로 나갔다. 1849년 그는 불순분자라는 이유로 다른 문인들과 체포되어 사형선고를 받는다. 그해 12월 그는 세묘노프스키 광장으로 끌려 나가 총살을 받기 일보 직전의 상황에 처했다. 그런데 일촉즉발의 순간 황제의 특사로 사형 집행이 중지되고 중노동으로 감형된다. 『백치』서두에서 미쉬킨 공작의 입을 통해 전해지고 있는 일화는 바로 작가의 경험을 그대로 살린 것이다.

이후 4년간의 잔여 형기를 마치고 그는 1854년 출옥한다. 그리고 38세가 되던 1859년까지 다시 입대해 군 생활을 한다.

그가 40세 되던 1861년에 농노 해방제가 실시되었으며 그는 그해에 『상처받은 사람들』을 출간했다. 노름 벽과 간질이라는 두 가지 장애가 있었던 그는 끊임없이 가난과 빚에 시달렸지만 왕성한 작품 활동은 멈추지 않았다. 1866년에 『죄와 벌』을, 1868년에 『백치』를, 1871년에 『악령』을 연재했으며, 1879년에 『카라마조프가의 형제들』 연재를 시작해 이듬해 단행본으로 출간했다.

그는 60세 되던 1881년 동맥 파열을 겪은 후 1월 28일에 사망해 페테르부르크의 알렉산드르 네프스키 대수도원 묘지에 안장되었다.

그가 톨스토이와 함께 러시아의 양대 문호로 일컬어지는 데는 그 누구도 이의를 달지 않으며, 그에게 세계문학사의 손가락에 꼽히는 거장이라는 칭호를 내리는 데도 그 누구 하나 주저하지 않는다.

백치 II

생각하는 힘: 진형준 교수의 세계문학컬렉션 46

펴낸날	초판 1쇄 2020년 6월 10일

지은이	표도르 도스토예프스키
옮긴이	진형준
펴낸이	심만수
펴낸곳	(주)살림출판사
출판등록	1989년 11월 1일 제9-210호

주소	경기도 파주시 광인사길 30
전화	031-955-1350 팩스 031-624-1356
홈페이지	http://www.sallimbooks.com
이메일	book@sallimbooks.com

ISBN	978-89-522-4215-0 04800
	978-89-522-3986-0 04800 (세트)

※ 값은 뒤표지에 있습니다.
※ 잘못 만들어진 책은 구입하신 서점에서 바꾸어 드립니다.

이 도서의 국립중앙도서관 출판시도서목록(CIP)은 서지정보유통지원시스템 홈페이지
(http://seoji.nl.go.kr)와 국가자료공동목록시스템(http://www.nl.go.kr/kolisnet)에서
이용하실 수 있습니다.(CIP제어번호: CIP2020019673)

책임편집	최정원